GIL & AXEL

Pierre Paul Nélis

GIL & AXEL

Du même auteur :

Romans :

Gil & Axel, Books and Demand, 2022 ;
Cinq qui feront six, Books and Demand, 2022 – anciennement *Garde-meuble et petite valise* ;
Double meurtre à la Sainte-Rolende, Brumerge, 2018 ;
Je te promets la lumière du jour, Books and Demand, 2022 ;
À travers le miroir, Books and Demand, 2022.

Livres pour la jeunesse :

Le lit volant de Mamie Violette, Brumerge, 2016 ;
Le souterrain aux Fadarelles, Books and Demand, 2022.

© 2022 Pierre Paul Nélis

Édition : BoD – Books on Demand, info@bod.fr
Impression : BoD – Books on Demand,
In de Tarpen 42, Norderstedt (Allemagne)
Impression à la demande

Photo de couverture @ Stan Arte Vizion

ISBN : 978-2-3224-4146-4
Dépôt légal : juillet 2022

Approchez ! Oui ! Vous…

Vous avez bien ce livre en main, est-ce un hasard ou de la curiosité ?

Êtes-vous proche de la cinquantaine ? À moins que vous ne connaissiez l'auteur ?

Pardonnez-moi, je ne me suis pas présenté : qui suis-je ?

Je suis le roman ; le responsable de ces tranches de vie qui sont les leurs, et qui deviendront inévitablement les vôtres. Je parle bien entendu d'Axel, de Gil, de Dan et de Jo.

Toutefois, avant de vous les présenter, laissez-moi vous confier que, certes, c'est une histoire d'hommes, mais également une histoire de femmes : la recherche de l'autre, dans un monde de plus en plus individualiste. Sommes-nous encore faits pour vivre ensemble ; avec elles, devenues libres comme le vent ?

Jade est enseignante et artiste-peintre ; Valérie, en cure de désintoxication du mâle ; Sonia, une jolie étoile filante ; Lucille est manager dans une société d'événements ; la petite Myrtille, toute jeune maman, qui disparaît sans laisser d'adresse, et quelques autres qui se présenteront au gré du récit.

Histoire de femmes assurément, me conduisant à évoquer l'histoire des hommes déjà cités : commençons par Gil, la cinquantaine… Il entre par la grande porte à l'automne de sa vie. Un cap qui, pour lui, se révèle des plus sérieux… Deux choses coincent chez Gil : le sens qu'il a donné à son existence et Lucille, l'amour de sa vie, qui a fait sa valise.

Et puis il y a Axel, je l'aime bien, celui-là. C'est le meilleur ami de Gil, un grand type costaud à classer au rayon « ours ». Divorcé, père de deux filles, et sérieusement fauché. Son parcours ? Devenu ingénieur après de brillantes études, tout devait lui réussir, mais tel n'est pas le cas. Il dit aimer la vie, mais il pense qu'elle, par contre, ne l'aime pas.

Dan ? Surnommé Nostradanny par Axel, c'est un être à part, mystique. Le genre de personnes semblant avoir vécu plusieurs vies, tellement il est à l'aise dans celle-ci. Grand, filiforme, de fins cheveux noirs, une peau blanche marquée par les rides et des yeux clairs qui vous transpercent. Il ne laisse pas indifférent, comme un curieux personnage qui vient en aide à ceux qui l'entourent. Quelques minutes à son contact suffisent, et vous êtes sous son charme. Enfin, c'est un avis très personnel.

Le dernier, le petit Jo, un de ces gars oubliés. Une naissance pas chanceuse et un trajet compliqué. C'est un petit homme, un peu rond, des taches de rousseur sur des pommettes rougies par la bière. Il a le bide des bistrotiers ! Après une enfance sans enfance, à l'âge de seize ans il quitte l'école. Aîné d'une grande famille pauvre, il assume la fonction du père disparu. Une chance pour Jo, les suivants de la tribu familiale en âge d'aller au turbin le remplacent peu à peu en cette fonction des plus lourdes. Il rencontre Myrtille, ils s'installent, font un enfant et... Myrtille s'enfuit avec le petit Julien. Frappé par les échecs successifs, Jo croise par le plus grand des hasards la route des trois autres.

Une dernière petite chose, mon stylo à bille accompagne Gil tout le long de ce voyage.

Toute ressemblance ici avec des faits réels ne serait que pure et fortuite coïncidence.

Allez, je vous laisse, je vous prends du temps et le temps est précieux.

AUX VENDANGEURS

Aux Vendangeurs

Cinquante ans aujourd'hui, je bascule chez les seniors. C'est la première fois que mon âge m'interpelle. Les autres décennies se sont succédé sans bousculer les choses, mais là, j'ai le blues. Ma mère, Jackie, a posé un magazine sur la table du salon.

Un titre en caractère gras : « ***La cinquantaine et le démon de midi*** ».

En ce qui me concerne, rien en vue, ma sexualité est en jachère depuis des mois. Quelques regards journaliers furtifs dirigés sur des jambes, des hanches, des seins et des paires d'yeux croisés au hasard, mes seules pensées érotiques sont furtives et balayées par la vie professionnelle.

Plus fin psychologue, mon beau-père Lucien a déposé une bouteille de Chivas Regal vingt-cinq ans d'âge. Une carte l'accompagne… Mes deux retraités se sont envolés vers l'Écosse cet après-midi. Admirable coaching, formidable timing, ils sont forts, très forts, au moment où le choc est le plus violent.

Mes cinquante balais ? Paf, je suis… seul.

Je reste là, jeté, vautré dans le sofa, face à mon clavier d'ordinateur, du jazz en sourdine.

Sur l'écran du portable, je joue à placer ma vie sur un tableau Excel.

Suivant la moyenne de la vie d'un homme qui est de septante-cinq ans, cela fait 27 375 jours à passer sur la Terre. Bien sûr, s'il ne m'arrive rien, il me reste vingt-cinq années à parcourir, soit 9 125 jours, et après ? Plus rien… l'étincelle que j'ai dans les yeux, disparue… mon éducation, disparue… ma culture, disparue… mes pensées, disparues… ma vue, mon toucher, mon odorat, le goût, tout sera disparu… Je n'arrive pas à cerner la mort. Les vingt-cinq ans restants ne représentent que cent saisons, cent toutes petites cases sur un écran.

Dans le fond, suis-je intéressé par cette fin de route approximative ? J'accuse mal le départ de Lucille, la maison est vidée de sa présence, de ses objets, de ses vêtements, de son parfum, de sa voix, de son rire… Tout me manque. Je suis obligé, pour tenir nerveusement, de combler ce vide par la télé et mes amitiés virtuelles sur Facebook. Ah oui, un point positif : j'y ai retrouvé Axel, un ami d'enfance. Trente ans que je ne l'ai vu. Trente années qui ont filé. En revanche, le site me fête. Il pleut des vœux d'anniversaire. Mais c'est Axel qui suscite mon intérêt.

Nous avons deux points en commun : la cinquantaine et le statut de célibataire.

La belle Amélie l'a « switché » ? Amélie, que de temps passé, une icône de mon adolescence.

Un petit joyau à croquer dans ses jeans moulants. Je revois ses traditionnels chemisiers en voile de coton qui laissaient voir, par douce transparence, les jolies formes de son corps, en particulier ses seins. Elle se parait de bijoux indiens en argent. Elle n'avait pas un joli visage, mais elle était craquante. J'en étais amoureux et je n'étais pas le seul. Nous étions tous en montée de sève, de vrais petits coqs, nous paradions autour d'elle, mais… c'est Axel qui monta sur le podium, elle ne pouvait que craquer pour lui. Je leur ai tiré, à tous les deux, la gueule un bon moment.

À l'époque, c'est un séducteur. Beau mélange de Jim Morrison et d'Aristide Bruant, une allure hippie, nonchalante et imposante. Il porte de longs cheveux châtains qui retombent sur ses épaules. Artiste de la bande, son avenir est tout tracé. Le théâtre est sa passion. Il joue avec talent, tout du moins, je le pense. C'est malgré tout un souvenir, tout comme les chemisiers transparents d'Amélie ; à cet âge, je n'ai que très rarement effleuré un sein.

Un soir, après une représentation, elle est tombée sur lui, séduite, foudroyée sur place, elle ne l'a plus quitté... Enfin si, si, elle finira par le faire.

J'éteins toutes les lumières du salon et je me rends à la salle de bain. J'ouvre le mitigeur de la baignoire. J'y jette un restant de sels de bain. La vapeur immédiate et le parfum vanille me surprennent. Je passe dans la chambre, je ferme la porte-fenêtre restée grande ouverte. Je m'arrête devant le grand miroir, je m'observe. Je retire ma chemise tout en suivant mes gestes dans la glace. Mon regard se pose sur mon torse et mes bras. Je ne suis pas trop mal pour cette moitié de siècle. Je me dirige à nouveau vers la salle de bain, mon peignoir posé sur les épaules, je l'ôte et me glisse avec délice dans la baignoire. Cette journée a occupé toute mon attention.

De retour dans la chambre, je me couche. Sous la couette, je balaie d'un mouvement de jambes de gauche à droite le fond du lit pour chauffer la place. Je déteste dormir seul, j'enserre les deux oreillers et les ramène sous ma tête.

Combien sommes-nous à vivre la solitude, combien sommes-nous ?

Le lendemain, j'envoie un mail à Axel. Je lui propose une sortie. Je vais deux fois par semaine, le mardi et le jeudi, dans un café bruxellois situé à la chaussée d'Alsemberg. C'est un vieux café tout de bois vêtu, resté authentique, à la fois bistrot et resto. On ne peut pas le louper en passant ; comme enseigne, perpendiculaire à la façade, trône un imposant Bacchus en fer forgé, il tient dans la main une énorme grappe de raisin, suivi du nom de l'établissement : « Aux Vendangeurs ». De part et d'autre du bâtiment, deux grandes fenêtres. Au milieu, la porte.

Après celle-ci, un sas fermé par un lourd rideau de couleur pourpre – hiver oblige – été pour l'intimité. Sur la gauche, le grand comptoir. Derrière le zinc, les deux patrons, Christian et Bruno. Christian anime la pompe à bière, tandis que Bruno anime le tiroir-caisse. Ils sont complémentaires…

À dix-huit heures commence le service du soir. Progressivement, la soirée se transforme, elle se fait vaisseau de nuit vers les vingt-deux heures. Et là, je vous le jure, c'est la fête.

Je reçois assez vite une réponse à mon mail : *« OK pour mardi, vingt heures. »* Un petit smiley, c'est tout.

Mardi arrive, il me semble le reconnaître, il est devant l'établissement. Aussitôt, je lui fais un signe de la main. Je ne suis plus face à un jeune homme frêle et chevelu, je suis face à un homme costaud, large d'épaules, les cheveux courts, poivre et sel. Souriant, il me prend dans ses bras. Il n'a pas trop changé. Nous restons quelques instants à nous regarder… Le temps nous a épargnés, je m'empresse de lui dire.

– Allons, entrons… Je meurs de faim.

Christian nous accueille, il se tourne vers la salle et fait un signe à la serveuse Virginie. Celle-ci nous entraîne vers le fond du restaurant qui est réservé aux habitués, tactique des propriétaires. Comme chaque soir, le cuistot Blacky parle musique avec les clients. C'est la tradition, à chaque fois, Bruno doit le recentrer en lui rappelant que son job se trouve en cuisine. En fait, Blacky est non seulement cuisinier, mais également génial saxophoniste, plongeur et rouleur de joints. Son épouse Vanessa lui a trouvé ce travail, histoire de joindre les deux bouts. Être musicien peut faire rêver, néanmoins la naïveté de Blacky et son âme d'enfant n'ont pas fait de lui un bon négociateur de contrats. Les rentrées d'argent manquent au couple. Blacky passe des heures, souvent gratuites, en studio pour placer ses cuivres. Les ingénieurs du son l'apprécient pour son feeling et son manque d'intérêt pour le côté financier. En attendant, suite à l'ordre donné, il retourne en cuisine. Tout en nous asseyant, Axel me félicite pour le choix.

– Quel bel endroit ! Tout y est : les bancs en bois vernis, les miroirs biseautés, les luminaires en pâte de verre, le carrelage et les chaises Thonet, c'est du domaine du miracle.

Nous sommes interrompus.

– Deux pressions ? propose Virginie.

Axel choisit une Palm, moi je prends une pression. Entre-temps, Blacky est ressorti de la cuisine, il me fait un grand sourire et se dirige vers notre table. Bruno le rejoint, le harangue ; contrarié, il rebrousse chemin.

– Bonsoir Gil, c'est donc vous, Axel ? Gil m'a parlé de vous, il m'a raconté votre talent caché, le théâtre. J'aime les gens qui ont des activités extérieures à nos vies obligées.

Axel, très étonné, lui répond :

– Il y a si longtemps, plus de trente ans, c'était dans une autre vie.

– Ah ! Que faites-vous dans celle d'aujourd'hui ? rebondit Bruno.

– Je suis responsable commercial dans l'industrie, la vente de produits et de peintures chimiques.

Bruno fait la grimace, visiblement déçu.

– C'est moins artistique, allez, je vous invite à lire l'ardoise.

Je choisis un tartare, et Axel, un jambonneau à la moutarde ancienne. Le vin du patron en carafe se pose à deux ou trois reprises à la table. La soirée se prolonge, de plus en plus à l'aise, nous déballons nos vies. Nos parcours sont différents, mais les finalités sont les mêmes. Au fur et à mesure, le restaurant se vide. L'une après l'autre, Virginie dresse les tables pour le lendemain. La fermeture de l'établissement est imminente. Christian allume sa clope tandis que Bruno tire les lourdes tentures. La musique d'ambiance cède la place au dernier album de Bowie. Axel me regarde, il est aux anges. Il se lève et se déhanche sur le tempo de la musique, va au comptoir, la nuit commence. Axel y met le feu, il anime la soirée, ses blagues en chapelet récoltent les rires et les conversations éveillent l'intérêt et les répliques. Vers les trois heures du matin, nous sommes dehors, fatigués mais comblés.

– Gil ? (Il marque une pause…) Je comprends mieux la pause du mercredi, ça permet de récupérer.

*

Le jeudi, j'arrive en retard, j'aperçois Axel bien accoudé au zinc, la chope bien en main. Je salue tout le monde, tour à tour, Bruno s'empresse, il me tape amicalement l'épaule :

– Très sympa la soirée de l'autre soir.

Christian me tend une bière. L'instant d'après, deux femmes entrent dans le restaurant. Elles s'avancent vers Bruno et l'embrassent.

– Tu nous présentes, Bruno ?

Il se tourne vers nous.

– Voici Jade et Valérie. Gil et Axel.

Jade nous applique un baiser ; sa copine, hésitante, finit par nous embrasser. Axel ne quitte plus des yeux Jade.

Elles choisissent deux mojito's. Jade engloutit le cocktail puis fait une moue et regarde Christian.

– Christian ? C'est de la flotte, fais un effort, sois plus généreux avec le rhum, radin…

Axel se penche vers moi et me glisse à l'oreille :

– Quelle désinvolture… elle me botte… Je vais me la faire… je dois avoir un vieux Kamasutra qui traîne à la maison…

J'enclenche la vitesse supérieure, je rentre en phase « reproduction ». Je m'en vais lui animer son horloge biologique.

– Axel, t'es con, parle plus discrètement, elles peuvent t'entendre.

Jade demande à Bruno une table pour quatre sans nous poser la question de savoir si nous avons déjà dîné. Axel la suit, Bruno allume les photophores et distribue les cartes.

– Vin du patron ? dit-elle en regardant Axel.

Axel approuve avec la tête. Suivent les traditionnelles questions : Jade enseigne le dessin et la peinture, Valérie est professeur de philo. Axel, au risque de plomber la soirée, évoque la crise du secteur de l'industrie qui frappe dur. Le chômage économique et les licenciements dans son secteur. Que ce n'est pas près de s'arrêter, que l'Europe va en prendre plein la gueule. Mais son humour ranime la braise, il parle alors de son divorce et finit par placer avec stratégie le fait qu'il est célibataire, ce qui ravit Jade. Valérie et moi, en un tour de main, sommes mis hors du cercle, elle me parle doucement de son école, de son quartier. J'ai du mal à l'écouter tellement nos deux voisins sont bruyants. Je regarde mon ami, je suis sûr qu'il a oublié que je suis là. À la fin de la soirée, nous échangeons nos numéros de portable, si bien imbibés qu'en quittant l'établissement, ni Axel ni moi ne pouvons affirmer avoir réglé la note.

Le lendemain, Bruno me confirmera que ce sont les deux copines qui ont payé l'addition. Perplexe, j'envoie un mail à Axel qui ne tarde pas à me répondre : *« Belle opportunité que voilà, j'appelle Jade dès ce soir. »*

Vers les vingt heures, j'entre « Aux Vendangeurs », le resto est plein comme une huître, j'ai du mal à me frayer un chemin. Christian et Bruno sont débordés, à mon passage, ils me sourient. Virginie me fait un signe et m'indique la place qu'occupe Axel. Celui-ci m'aperçoit, lève son bras et me signifie mon retard en montrant sa montre.

Je me place en face de lui tandis qu'il remplit mon verre à vin, il me dit :

– J'ai bien cru que tu n'arriverais jamais !

– Tu parles, j'ai hésité à venir. Une journée de folie, je suis claqué. Chaque année, j'ai droit à une réunion comme je les déteste et là en plus, j'ai pété ma bagnole. La cause ? Une biche et son très joli petit papillon bleu.

Axel s'interroge, il regarde à droite, à gauche, se penche vers moi et :

– « Une biche et son très joli petit papillon » ?? Dis-moi ce que tu fumes, ça a l'air pas mal.

– Je te raconte : la direction nous analyse tous les ans à la même période. Elle nous invite à Namur, bouffe et bla-bla, une journée à chaque fois pénible, suivie d'un drink final et de ses discussions chiantes. Conversations des courtisans vis-à-vis des directeurs notoires. J'appelle ça « le confessionnal des culs baissés ». Prétextant les kilomètres du retour, j'arrive à me libérer. Je quitte le parking du motel. Je m'engage autour d'un rond-point. Sur la droite arrive une Volvo noire C30. Son conducteur ne respecte pas le « cédez-le-passage », il s'engage… moi, je suis à son niveau, il accélère, je pile sec… Trop tard, il prend l'avant-droit de ma voiture et, crois-moi, il ne s'arrête pas pour autant : il contourne le rond-point et entre dans le parking du motel. Je suis sur le cul ! Je finis mon tour de rond-point, je reviens sur le parking que je venais de quitter, je me gare près de la Volvo, je descends. À peine un regard, c'est une nana. Elle est au téléphone et me fait un signe de la main comme pour dire : « Deux minutes, j'arrive ». Je patiente tout en regardant les dégâts : pare-chocs plié, la calandre et l'aile défoncées. Elle ouvre enfin sa portière ; toute souriante, elle me salue : « Bonsoir, je suis confuse, je n'ai pas vu les triangles au sol, je pensais avoir la priorité ; avec ses foutus ronds-points, une fois, on l'est, une autre fois, non ! »

Tu penses, je n'ai pas le moindre avis. Scié par son impertinence, je préfère ne pas répondre, j'ouvre la boîte à gants et j'en sors les documents pour le constat. Elle me fixe et m'annonce qu'elle n'a jamais fait ça. Sur mon capot, je remplis la partie de la page me concernant. Elle, elle se place à mes côtés – façon copains de toujours – bien proche de moi – limite collée – et se penche. Beaucoup plus grand qu'elle, je me suis redressé et je l'observe. J'ai dans ma ligne de mire le début d'une très belle chute de reins, deux trop mignons petits sot-l'y-laisse et le très joli papillon posé sur la naissance de sa fesse gauche, j'ai même le temps d'apercevoir qu'elle porte un slip en dentelle. Elle est ravissante, mon vieux, bandante, je peux même te dire qu'à ce moment, ma fatigue s'est volatilisée.

Elle commence à remplir sa partie quand le vent se lève. Il tord et chiffonne la page. Je lui propose de terminer au bar du motel. Elle accepte. Deux cafés se posent alors à notre table, je relis la déclaration, elle s'appelle Sonia Gibowsky, elle est flamande. Je me sens observé, je relève la tête, son regard croise le mien, elle me sourit, elle est délicieuse. Des cheveux auburn coupés au carré qui tranchent avec la couleur de sa peau très claire. Mais… Ce sont ses yeux qui sont incroyables, ils sont dorés.

Axel est attentif, il baisse la tête et me montre ma bière.

– Merde, elle est plate !

Je plonge mon index dans le verre pour l'agiter, je dessine des cercles afin de faire remonter la mousse. Je bois à mon verre et je reprends.

– Sonia Gibowsky, Sonia Gibowsky, Sonia... Gibowsky. Machinalement, je répète son nom et son prénom à voix haute et je lui tends la main, je garde ma main dans la sienne… Elle éclate de rire : « Vous… vous êtes vraiment fatigué. Pour vous répondre, je suis polonaise par le papa et limbourgeoise par la maman, francophone par mes études… Je vais devoir y aller, autre chose ? » Elle se lève, sort de son sac une carte de visite et me la tend. Je la saisis, et la regarde s'en aller. En moins de deux minutes, elle s'est volatilisée.

Axel agite la main pour être vu de la serveuse. Il brandit les deux verres vides... Le message est passé.

– J'adore la Palm : on n'en trouve pas partout. Vu ton état, tu vas la contacter, hein ?

– D'office, tu penses, déjà ce matin, au bureau, par mail, j'ai laissé mes coordonnées. Tiens-toi bien ! Mon portable a sonné !!! Elle est dans mon coin ce vendredi qui arrive, on mange à midi.

– Elle est directe, c'est elle qui tient la ligne ! dit Axel.

Bruno vient à notre table.

– Je prends le lapin à la bière, et toi, Axel ?

– Pareil. J'ai une question, Bruno.

– Je t'écoute, Axel.

– C'est qui le gars sec comme un sarment de vigne perché sur le tabouret au comptoir ?

Bruno se retourne.

– Le cow-boy qui parle avec Jo ? C'est Dan, notre voyant, notre guérisseur.

Bruno se penche et nous murmure :

– Il soigne les migraines en posant ses mains juste sur le crâne et le cou, c'est le roi du massage. Il va parcourir ta tête et ton cou ; il va exercer des pressions sur des endroits que tu ignores et jouer comme une pompe avec ses doigts jusqu'à ce que tu ressentes comme une libération de flux sanguin... Tout s'équilibre et ta migraine ? Envolée ! Tu fermes les yeux un quart d'heure puis il te fait un thé au jasmin. Passionné d'ésotérisme, il a un magasin non loin de la Grand Place, « Le Cénacle », spécialisé dans les produits naturels, les minéraux...

Il marque un temps d'arrêt.

– Ses passions sont l'ésotérisme, la voyance, l'occultisme, la sophrologie etc.

La bougie posée sur notre table éclaire le visage de Bruno, elle ajoute à la conversation une ambiance fort étrange.

– Il a…

Il se redresse au garde-à-vous, regarde alentour, se penche afin de nous parler doucement :

– Il a un succès fou auprès des femmes. C'est incroyable, comme la migraine et les sciences occultes sont deux sujets qui les intéressent…

Axel l'interrompt et se gausse en lui disant :

– Un vrai magicien à la braguette magique, j'en conclus qu'il lit dans la moule de cristal !

– Ah, c'est fin ! soupire Bruno, tourneboulé par le jeu de mots. Virginie ? Tu apporteras un pichet offert par la maison, ils en ont bien besoin. Dans la moule de cristal, la moule de cristal… répète-t-il en entrant en cuisine.

– Gil, tu penses que je l'ai vexé ? Je devrais faire gaffe à mon humour graveleux.

– Oui et non, Axel. Pour ma part, j'aime bien. Tu le places bien, juste à la bonne limite.

Il répond :

– Toi, t'es un vrai ami. À propos d'amitié, nos deux copines… T'as eu Valérie ? Moi, j'ai rancard avec Jade samedi soir, elle n'a pas hésité une seconde.

– J'ai eu Valérie, je la vois dimanche matin.

Il répète ma dernière phrase :

– Dimanche… matin… Dimanche matin… Ton rendez-vous transpire le chocolat chaud, la brocante et la balade en forêt de Soignes… T'es pas près de mettre le petit Jésus dans la crèche !

Je porte mon verre à mes lèvres tout en écoutant Axel, je me souviens du retour de la soirée de l'autre jour. Je me remémore les moments passés à table. C'est une vraie grande gueule... Il n'est pas plus que moi le chasseur : c'est Jade qui chasse ! Et c'est tant mieux, rien que pour cette part de bonheur, la vie vaut la peine d'être vécue. Valérie n'a rien voulu déclencher chez moi, elle a juste envie de parler avec un homme. Axel me regarde et se penche vers moi.

– À quoi penses-tu ?

– Aux jours qui arrivent, à nos emplois du temps. Pour moi, Sonia et Valérie, toi, Jade. C'est pas mal tout de même, on est encore sur le marché !

La soirée se prolonge. Au fur et à mesure, les clients rentrent chez eux, Virginie et Blacky finissent de débarrasser les tables. Christian allume sa clope habituelle, Bruno tire les lourdes tentures.

La musique d'ambiance fait place aux Rolling Stones, le choix de Bruno. Nous quittons la table et rejoignons les autres au comptoir. Christian danse tout en servant les habitués. Axel, tant bien que mal, avec quatre bières, se rapproche de Dan et de Jo, je les rejoins. D'un commun accord ce soir-là, nous décidons de passer le jeudi ensemble.

Concilier guindaille et boulot n'est pas facile. Pour ma part, je m'endors après les déjeuners au bureau. Je dois lutter... Pas évident de sombrer au bureau, entouré de collègues. Chance, je connais par cœur mon job, j'arrive par routine à clôturer les dossiers.

Dès lors, je ferme les yeux par courts épisodes, je reste droit face à l'écran. Chose nouvelle... le vendredi est devenu mon jour préféré.

*

LE TRÈS JOLI PAPILLON BLEU

Le très joli papillon bleu

L'aviez-vous déjà remarqué, le vendredi, la matinée semble ralentir comme pour le faire exprès. Curieux, non ?

À onze heures, je reçois l'adresse du rendez-vous par SMS.

Douze heures trente, je file... prends l'ascenseur... grimpe dans la voiture, les pneus crissent sur le revêtement du sol du parking. Le vigile lève la barrière de sécurité. J'accélère et me glisse dans le trafic. Mes mains sont moites, mon cou est humide, je stresse... C'est le piment de l'inconnu qui me noue la gorge. Je l'aperçois, elle me fait un signe, elle vient juste d'arriver. Nous nous saluons, nous entrons. Le serveur vient à notre rencontre, la table est près du foyer de la cheminée. Les flammes dansent avec force et font crépiter les bois. Il saisit nos manteaux. D'emblée, nous parlons de l'endroit, du presque trop chaud près de la cheminée, de l'ambiance feutrée et de la belle mélodie jouée au saxo. Le décor planté, nous en venons à l'autre soir, nous évoquons l'accident. Elle se moque avec délice de mon air niais. Moi, je la mime pas trop mal au téléphone.

Je la fais rire. Quelques très brefs silences... Pendant le repas, nos regards se croisent, s'observent, se séduisent. Nous passons bien une heure et demie à discuter. La bouteille de vin vidée délie nos blocages et nous désinhibe. Soudain, elle me regarde, elle a des yeux étonnants ! Elle me sort cette phrase incroyable :

– Je vous trouve très beau, Gil.

Celle-là, jamais on ne me l'avait faite ! Je saisis mon verre de vin... C'est la seule parade que je trouve... (Pensées intérieures).

Elle n'ajoute rien. Enfin, si : elle demande l'addition et en moins de temps qu'il n'en faut pour le dire, nous sommes dehors. Elle presse la télécommande de sa voiture, ouvre la portière, et la laisse grande ouverte, elle s'assoit tout en laissant glisser un des pans de sa jupe, des jambes magnifiques s'offrent à mon regard. Là, elle joue ! Je lui vole cette image. Elle redresse la tête, ramène l'étoffe sur ses gambettes et va pour attraper la poignée, mais pendant cette courte scène délicieuse, je me suis accroupi, je lui fais obstacle, je la surprends et avant qu'elle ne dise quoi que ce soit, j'interviens.

– Sonia, je vous trouve craquante, je veux vous revoir.

Elle place son index sur ses lèvres jointes. Elle mime le silence. Elle y pose un baiser des plus sensuels et le ramène sur ma bouche.

– Gil, je vous propose un marché. Trouvez-moi une idée originale. Surprenez-moi ! Vous avez ma carte. Je peux me libérer chaque vendredi.

Je me relève, elle ferme la portière, met le contact, enclenche la marche arrière et me regarde une dernière fois.

Comment vais-je m'y prendre pour ne pas la décevoir ?

Merde alors, si Lucille me voyait ! Moi qui n'ai jamais rien organisé ! C'est trop marrant, grave.

De retour au bureau, l'après-midi est interminable. Je n'arrive absolument plus à me concentrer. Une seule envie occupe ma pensée : lui faire l'amour...

J'ai carte blanche, elle n'est pas farouche. Si j'osais un truc fou comme passer l'après-midi à l'hôtel ? Je quitte mon programme comptable et je bascule sur Google.

Lieu de rencontre – chambre de charme – hôtel de jour – chambres à thème – jacuzzi – champagne… Hop…

Un endroit me branche dans le brabant wallon. Parking à l'intérieur de la propriété. Hôtel classique… Discrétion parfaite.

« Surprenez-moi ! » Sa voix résonne encore. Va-t-elle accepter ? Je ne la connais pas plus que ça, après tout… Et si elle se payait ma tête ? J'enregistre les données, j'ouvre ma boîte mail, je respire un bon coup… je me lance :

« Sonia,
Vous surprendre, avez-vous dit…
Cliquez sur le lien, vous y trouverez toutes les coordonnées. Je peux réserver pour vendredi prochain à 14 heures.
Cordialement fou de vous.
Gil. »

J'envoie sans me donner le temps de la réflexion. Comment va-t-elle réagir ?

Une bonne heure se passe, la messagerie s'est manifestée en bas de l'écran, c'est elle.

« Monsieur,
Pour être surprise, je suis surprise…
Ne m'appelez plus. Ne m'écrivez plus.
Je serai au rendez-vous.
Sonia. »

J'ai bien cru qu'à la seconde ligne, elle m'envoyait dinguer.

Je me mets à penser à la manière dont on va se rapprocher, à imaginer la chambre, à me voir la prendre, la caresser… moi qui ne la connais pas.

La semaine passe, interminable, je n'arrête pas de penser à notre rendez-vous ; à chaque fois, j'en améliore le scénario. Dès le jeudi soir, j'ai un mal fou à fermer l'œil. Si Lucille revenait ?! C'est toujours dans ces situations que ça coince... Si elle découvrait ce Gil... Ce Gil avec ce très joli papillon bleu dans les yeux... je suis con, pourquoi rentrerait-elle ?

À peine trois mails à la quinzaine. Des mails banals. Pas la moindre chaleur sur les pages, à peine de la sympathie. Il me faudra tourner la page, même si...

*

Vendredi, dès mon réveil, je passe deux heures dans la salle de bain, je veux être parfait dans le rôle de l'amant.

C'est bien la première fois que je me félicite d'avoir connu de la tôle froissée ! Incroyable histoire.

Vers les treize heures, j'entre dans la propriété. Encore ce foutu froid qui me gagne de partout, cette pseudo culpabilité qui revient à l'avant-plan, ce restant d'éducation *« judéo-crétine »*...

Tout en roulant doucement, je regarde les deux trois voitures garées, Sonia n'est pas encore là.

Je me range sous un érable rouge et je rejoins l'hôtel. Je grimpe une à une les marches du perron. C'est une demeure splendide, j'observe tous les alentours : le jardin, les parterres de fleurs, le parking.

Dans le grand hall, à la réception, je préviens que Madame Gibowsky arrive d'ici peu... La réceptionniste me tend la clef. J'emprunte l'ascenseur... au troisième, le couloir semble tout droit sorti d'une scène de film. Malgré une épaisse moquette, le parquet fait un raffut du diable et craque sous mes pas, j'approche de la chambre, j'ouvre.

Devant moi se présente une belle et grande pièce. Les murs sont de couleur taupe, des miroirs sont disposés de part et d'autre, plafond compris au-dessus d'un lit à baldaquin. Des voiles transparents orangés diffusent une belle lumière. Près du lit, une méridienne. À sa droite, posé sur une table, un bouquet de roses blanches ainsi que deux flûtes et la bouteille de champagne plongée dans le seau à glace. Au mur, une fresque représente un couple. Je vous dis pas la gymnastique, ces deux-là sont chez le kiné à cette heure.

J'entends qu'on actionne la poignée, je me retourne pour faire face à la porte. Mon cœur bat à tout rompre. Elle entre et ferme rapidement, bloque le verrou et vient vers moi. Je verse le champagne dans chacune des flûtes et me rapproche d'elle. Je pose un baiser sur sa main, elle touche mon visage... Nous buvons.

Je pose mon verre, ne dis rien, embrasse ses paupières fermées... doucement j'effleure sa bouche... je peux sentir un léger duvet... sa respiration est chaude et souffle sur la mienne... nos bouches s'entrouvrent... nos langues se longent, se découvrent...

De ma joue, de mon souffle, de mes yeux, je me laisse aller tout le long de son corps... je frôle son chemisier... sa jupe... son bassin. Je prends tous mes gestes comme un cadeau du ciel. Accroupi, face à son ventre, mes doigts se glissent entre les pans de sa jupe fendue. Je caresse ses bas... m'arrête aux trois quarts de ses jambes... déboutonne ma chemise et place mon torse nu contre elles.

Je marque un temps d'arrêt pour savourer cet instant. Le tissu et ma peau contre sa peau, c'est grandiose. Elle... elle écoute et ressent mes moindres faits et gestes.

Mon visage est à présent sous le revers du tissu de sa jupe... Je la respire, je la goûte... mes doigts accompagnent ma langue, la caresse se fait précise. Elle pousse sa jambe gauche contre ma poitrine. Mes vêtements un à un me quittent. Je la guide sur la méridienne... ramène son corps vers l'avant... je lui retire délicatement sa jupe et fais glisser son slip vers moi, elle garde les yeux fermés et entraîne ma tête entre ses jambes. Moment de pur délice. Sa peau est douce. Je déboutonne son chemisier et soulève son soutien-gorge. Mes doigts palpent ses seins, pincent délicatement ses tétons pointés. Elle se laisse parcourir longtemps, longtemps. Je peux entendre ses soupirs, je peux entendre... ma respiration saccadée. Tout en se redressant, elle rejette ses cheveux en arrière et m'invite à me relever.

Je me tiens face à elle, elle entrouvre ses lèvres... et de sa main gauche, elle me glisse dans sa bouche. Sa salive m'entoure, mon plaisir est immense. Elle dégage son chemisier, son soutien-gorge et fait glisser ces deux pièces le long de ses bras. Elle est magnifique, comme tout ce qui est « Elle ». Je la cherche dans les miroirs, je l'épie. Nos corps jouent avec la lumière feutrée. Elle est parfaite, ses hanches merveilleusement creusées, son ventre rond, son nombril bien dessiné. Les images renvoyées par les miroirs excitent ma sensualité. Je la fais se lever doucement, je l'emporte sur le lit. Je la retourne délicatement et parcours son dos et ses fesses de ma bouche et de mes mains. Son joli papillon, à plusieurs reprises, est entouré de mes baisers. Elle se pose maintenant sur le dos et offre ses longues jambes écartées. Je pose mes lèvres sur son ventre, contourne son nombril. Je me glisse en elle, je capture toutes les sensations... Dans un rythme lent et ressenti par nos corps, nous ne faisons plus qu'un. Nous nous écoutons intensément. Je place mes mains dans les siennes rabattues sur l'oreiller. Elle est ma prisonnière. Je suis son prisonnier. Nous jouons de nos corps, alternant les positions, nos jouissances viennent, montent, redescendent, remontent encore, se calment, se reprennent et aboutissent ensemble. Blottis l'un contre l'autre sans n'avoir toujours pas prononcé le moindre mot, elle pose des baisers sur ma joue.

Je les accompagne. Puis,... délicatement, elle s'écarte et s'assoit sur le bord du lit. Elle fait mine de se coiffer, se lève et se dirige vers la salle de bain. La porte se referme. Je ferme les yeux et sommeille, je m'assoupis quand sa main me touche l'épaule.

– Vous prenez la salle de bain ?

C'est là, ses premiers mots. Je laisse échapper non sans difficulté un « oui » étouffé.

Je file. La buée a recouvert tout le carrelage, les parois de la douche et les deux miroirs. Je reste sous l'eau chaude, j'y suis bien. Après m'être essuyé, je m'entoure dans un grand essuie de bain.

Je reviens dans la chambre.

Elle, elle est à la fenêtre. Je m'approche pour me blottir tout contre son dos quand elle me fait volte-face, me fait un large sourire et dit :

– On y va ?

J'ignore ce qui lui a pris, mais ces trois mots ont fermé les issues et plombé l'ambiance.

En quelques minutes, nous sommes en bas, elle me prend par la main et m'entraîne vers sa voiture, fait retentir l'ouvre-coffre, se tourne vers moi.

– Gil, vous m'avez étonnée, vraiment étonnée. C'est une incroyable expérience. Je, je… nous ne nous connaissons pas et nous venons de très bien faire l'amour. J'avais envie de vous. Vous aviez envie de moi. C'est une situation inhabituelle pour moi. Situation rêvée et vécue. Lors de votre invitation surprenante sur le Net, j'ai planché sur deux possibilités.

Elle pointe du doigt une valise allongée dans le coffre et reprend :

– La première, un hôtel, une chambre et… du sexe. La seconde, un week-end surprise, romantique. De belles balades, la chaleur d'un feu de bois, un dîner et… comme vous me plaisiez, je vous aurais embrassé avec passion. De cette belle passion qui anime les débuts d'une histoire. Vous avez opté pour la première. C'était très agréable, nos routes se sont croisées.

Je veux dire quelque chose, mais elle me coupe :

– Ne dites rien, Gil. Vous avez été parfait, croyez-moi, parfait !

Elle m'embrasse et s'installe dans sa voiture.

Je reste là. Les bras ballants, la gorge serrée, sans pouvoir rien ajouter tandis que la Volvo quitte le parking. Mon joli papillon est une étoile filante. Dans mon silence, je me sens observé, mon attention se porte vers l'hôtel, un rideau vient de retomber à l'une des fenêtres du rez-de-chaussée. Je ne me souviens pas avoir mis la radio sur le chemin du retour.

Je ne me souviens pas avoir pensé, mais toujours est-il qu'une fois chez moi, je me suis servi plusieurs vodkas orange puis j'ai sombré dans le canapé. Je me souviens de ma tête prise dans un étau et, de ce cauchemar causé par le trop d'alcool où je revois cette plage, la mer qui s'apprête à revêtir ses couleurs de la fin du jour. Sur ma gauche dans le feu de la lumière rose et orange, un joggeur qui s'approche. Il ralentit un court instant et contourne ce qui semble être la forme de mon corps en boule, ramassé. Je suis à terre, recroquevillé, abattu, les genoux et les coudes enfoncés dans le sable. Ma respiration est entrecoupée de chocs violents qui cognent dans ma poitrine. Un froid quasi glacial transperce mes vêtements gorgés d'eau salée. Derrière moi, le coureur a rejoint la digue. Il passe à l'angle de la première rue pour disparaître dans l'ombre qui comme une coulée d'encre, l'avale. Tandis que l'eau entre en moi, je n'ai pas envie de lutter. Un cri. Une inspiration courte et bruyante me ramène à la réalité. Je suis couché sur le sol, loin du divan. Trempé, mes mains collent. Une odeur insoutenable. Je baigne dans mon vomi. Mon sang cogne mes tempes, une migraine explose ma tête. Comment puis-je être aussi con pour en arriver là ?

NOUS NE SOMMES RIEN

Nous ne sommes rien

Axel pousse la porte du « Cénacle ». Dan apparaît, un livre à la main qu'il range sur une des étagères.

– Quelle surprise ! Sois le bienvenu, Axel, tu tombes pile-poil, je ferme boutique. Là, je vais au cimetière d'Uccle. Si tu veux, tu m'accompagnes !

– T'as rien de plus marrant ? Je ne suis pas sûr que ton idée me botte, Dan…

Axel consulte quelques résumés furtivement aux dos des livres posés sur la table centrale. Il sourit :

– Tu dois avoir des illuminés qui passent par ton temple, non ? Tu n'as pas peur des siphonnés de la cafetière ?

Dan ne répond pas et conclut :

– Allez, accompagne-moi, je ferme tout.

Dan ouvre la vieille Citroën H. Axel grimpe à bord et se met à rire ; il fait balancer un squelette en plastique blanc suspendu au rétroviseur.

– Tu nous fais « Louis la brocante » ?

– Un peu de respect pour nous. Ma Citroën a plus de cinquante ans et le squelette, c'est Albert ! Je l'ai gagné à la foire du Midi. T'as vu ses yeux ? Des petits brill…, enfin un petit brillant, y en a un qui s'est barré. Il est la mort, honorable fonction symbolique. Nous finissons à peu près tous pareils : les riches comme les pauvres, les célébrités comme les inconnus, les beaux comme les moches, les gros comme les minces. Et que faisons-nous de cette vie qui est un cadeau ?

Nous la traversons en nous évertuant à tout compliquer : l'anxiété, la nervosité, la violence, la tristesse, la dépression, le stress et la compétition sont souvent le quotidien des humains. Quand les hommes et les femmes analysent leurs vies – bien sûr si la mort leur en laisse le temps – à quoi pensent-ils ? Les soucis quotidiens, les états d'âme, les fameuses remises en question. Face à la mort, c'est *peanuts* ! Cette mort nous accompagne tout le trajet de la vie, si tu en es conscient, tu peux te jouer d'elle un peu chaque jour. Aimer la vie, Axel, il faut aimer la vie.

Axel l'interrompt :

– Et cette photo ?

– Là ? Ce sont mes parents. Alfred et Josette Van Caelenberg. Une belle époque remplie de bonheur. Même s'ils étaient des parents en âge d'être des grands-parents, j'ai reçu des tonnes d'amour vrai. Belle photo, non ? De sacrées bouilles, hein ?

– J'avoue qu'elle est en harmonie avec le squelette et la guimbarde, Dan...

Dan sourit et démarre l'engin, tandis qu'Axel lui explique sa situation :

– Étant donné ta vue d'esprit, tu m'ouvres les yeux tout à coup. Je suis à bout de nerfs en ce moment, harcelé de toutes parts... par le boulot qui s'effondre, par la mère de mes enfants, et il y a Jade...

– En ce qui concerne Jade, je vais te libérer de la situation, as-tu couché avec elle ?

– Oui, hier soir, pourquoi cette question ?

– Je dois te dire que Jade est une femme libérée à tous points de vue. Pour info, d'autres, ainsi que Bruno et moi, ont partagé des moments tendres en sa belle compagnie. Nous lui avons plu, voilà tout.

– Je suis scié, j'ai l'impression d'avoir assuré un entretien périodique ! intervient Axel.

– Attends, elle, elle ne t'a rien promis, elle ne t'appellera pas non plus. Elle va continuer sa route, va revenir nous voir comme si de rien n'était. Et surtout, à ce moment-là, ne joue pas le mâle boudeur, sinon plus jamais elle ne te parlera. C'est sa manière de vivre. Parle-moi de la suite…

Axel marque un temps d'arrêt. Il avale la chique.

– La suite ? Une épée de Damoclès au-dessus de la tête. Avant-hier matin, vendredi, la porte de mon bureau s'ouvre, c'est Francis Parent, un consultant engagé par la boîte, une sorte de réviseur d'entreprises. Ce plouc ne me salue même pas, ne me demande pas s'il me dérange, il ouvre sa gueule : « Monsieur Gilson, vous avez du temps ce matin ? » Je survole mon agenda et rien que pour l'emmerder : « Ce matin, non ; en début d'après-midi, probablement ! » Le Francis est contrarié. Il réfléchit, et d'une voix ferme : « Treize heures trente, à l'étage, en salle de réunion ! » Il referme la porte… enfin, il claque la porte.

Je déteste ce type de personnage qui a le pouvoir de vie et de mort. C'est l'interprète des bilans, le calculateur des réductions des coûts de fonctionnement. Faut dire que je suis mal placé, le service commercial que je dirige se trouve dans sa ligne de mire. Mais, revenons à cette crapule, tu dois voir sa dégaine, une vraie face de tueur. Né d'une mère qui n'a pas trop bien fait les choses, le roquet est long des jambes et court de torse, comme deux pièces rapportées n'ayant rien à voir avec le plan de montage. Il doit approcher les cinquante-cinq ans et pour s'en éloigner, il se teint les cheveux en noir. Cheveux bouclés, permanentés ! Une allure de vieux minet. Il ne lui manque que la grosse chaîne en or autour du cou. Le pire, c'est son tarin, un tarin impressionnant !

Au courant de son physique déglingué et de son corps proche de celui du Gilles de Binche, il ne risque pas d'être reconnu par l'UNESCO. Malgré ses difformités, l'homme est élégant : un costume toujours bien coupé, de couleur foncée, et satiné. Le tailleur est un homme de métier, compte tenu de l'exploit !

C'est ce pantin qui, dans la journée, va me placer sur l'échafaud. Le mois n'est pas encore terminé, le chiffre d'affaires ne correspond pas à l'objectif fixé par la direction. Lors des réunions, il s'en donne à cœur joie. Placée à ses côtés, ma direction l'écoute et reste silencieuse. Moi ? Je n'ai rien pour me justifier. Nous connaissons les raisons du déclin de cette entreprise et ces raisons sont totalement indépendantes de ma volonté.

Dans notre secteur, les nouvelles réglementations écologiques sont en phase d'être votées. De ce fait, les clients hésitent à passer de nouvelles commandes. Ils suivent les décisions européennes, ces décisions mettent un temps fou avant d'être officialisées. Luttes et débats entre les partis politiques sont répétés mois après mois. Jusqu'à il y a peu, le secteur industriel n'avait aucun scrupule à utiliser des produits polluants. Mes patrons n'ont pas réagi à temps ; les autres fabricants, eux, l'ont fait ! Et je joue dans cette mauvaise pièce en acceptant les remarques. Je serre les dents et prends bonne note des recommandations. Ainsi, ma mise à mort est à chaque fois reportée.

Comprends maintenant, Dan, pourquoi je suis à cran.

– Tu peux l'être et ne pas l'être, Axel... à toi de t'écouter, quel est le verdict... il te parle.

– Oui... c'est le début de la fin, Dan !

– C'est donc une bonne nouvelle... Tout à l'heure, on boira une Palm pour fêter ça. Non, deux ; avec une seule Palm, on tourne en rond ! (Il rit de sa blague.) Tu sais la finalité... tu sais que ton tueur va t'achever... c'est la directive... Alors, c'est un changement de route, une nouvelle voie que tu vas prendre.

– Attends ! Je ne t'ai pas encore parlé de la baronne… Amélie. J'ai mis plus de cinq ans pour obtenir le divorce par consentement mutuel. Pour avoir droit à la liberté, j'ai laissé tomber la plupart de mes demandes. C'est dingue, je n'ai quasi plus de souvenirs d'elle, enfin, de bons souvenirs. Même sur notre sexualité, j'ai tout oublié… La seule position qui me lie à elle, c'est la position « virement bancaire ». Si tu entendais aujourd'hui sa voix, ce n'est plus une voix, c'est un clairon ! Elle klaxonne. Un seul mot dans sa bouche, dès qu'elle me voit : le fric. Pas d'échanges à propos des filles, pas un mot sur moi et ma possible reconstruction… juste les frais extraordinaires.

Dan l'interrompt, interloqué :

– Des frais extraordinaires ? De quoi s'agit-il donc ?

– Ce sont les frais qui s'ajoutent à la rente alimentaire, figure-toi qu'ils sont obligatoires. Selon la loi, les parents sont censés se concerter avant de faire la moindre dépense pour les enfants. Si ça, c'est pas de l'humour ! Si nous divorçons, c'est que nous ne nous supportons plus, nous ne dialoguons plus. Je te dis pas le combat de coqs afin de nous mettre « raccords »… Ce qui fait que la baronne me réclame des frais pour le bien-être des filles. Bien évidemment, sans concertation, elle ne se préoccupe pas de mon salaire, de mes possibilités financières. C'est après que je reçois les douloureuses. Je suis pris dans un étau. J'ai peur de perdre mes filles. Elle est capable de détruire le père.

Dan rétorque :

– Axel, contre ces décisions, tu ne peux rien faire. C'est le lot des divorcés. J'ai un de mes clients qui est dans le même cas. Il est mis à poil. C'est bien simple, souvent, en fin de mois, il n'a plus assez pour vivre, alors je le reçois chez moi… Cependant, pour ces fameux frais extraordinaires, tu dis « non », tout simplement. Même si elle te prend les enfants en otage, même si elle te les passe au téléphone, même si les insultes fusent. Aucune concertation égale à aucune participation. Un point c'est tout, tu appliques la loi. Elle va bouder, râler, gueuler et puis, elle demandera aux enfants de t'en parler et tu devras faire en sorte que tout ton joli monde soit content.

Axel continue sur sa lancée :

– En plus, depuis le passage à l'euro, le monde divague. Tout est monté en flèche. Les loyers, l'énergie, la bouffe, le carburant… J'ai la vague impression que je ne cerne plus les systèmes.

Dan tente de le freiner, de le rassurer :

– Pour la baronne, c'est un moment dans le temps, cela finira bien par se calmer. Tu vas remonter la pente, pas après pas, marche après marche. En ce qui concerne l'euro, nous sommes tous concernés.

Le vieux fourgon se gare devant le cimetière d'Uccle, le soleil est au rendez-vous. Les deux hommes marchent en silence, ils n'entendent que le bruit de leurs pas dans l'allée. Dan rejoint un des bancs et décide de s'y arrêter. Axel s'affale à même le sol, ferme les yeux et s'endort.

Dan allume une cigarette et s'adresse aux stèles toutes proches :

– Et vous, couchés, là ? Avez-vous pris votre temps ? Saviez-vous que la vie était une maladie mortelle ?

Ce dimanche est ensoleillé. la température est des plus agréables. Je marche malgré tout au radar d'un équilibre de lendemain de veille. J'ai donné rendez-vous à Valérie au Vieux marché. Nous prenons un petit-déjeuner à la terrasse d'un café à la place du Jeu de Balle dans le quartier des Marolles. Valérie est revenue sur notre discussion de la dernière fois. Elle me reparle de sa séparation. En vrai stratège, sa rupture n'a pas été trop difficile, attendu que c'est elle qui a rompu. Toutefois, afin d'éviter tout sentiment de culpabilité, les jugements ainsi que les commentaires des uns et des autres dans l'entourage familial, elle s'est plongée dans ce qu'elle aime depuis toujours : la culture.

Elle affirme que la culture lui épargne les inévitables ornières que suivent les autres. Elle parle, parle… parle.

– Il y a tout à prendre, tout à apprendre de la culture ! me dit-elle. Je remplis aussi des carnets de voyage.

Elle sort de son sac un exemplaire.

– Il m'accompagne tous les jours. J'y note tout : un slogan, les bribes d'une conversation, un événement local, une citation, les mots dont je ne connais pas le sens. J'y esquisse des dessins. J'y colle des photos. Il y a peu, j'ai acheté chez un grossiste chinois, tout le stock. La particularité de ce cahier asiatique est qu'il a une belle et solide couverture en carton. J'en possède plus d'une vingtaine ! Ce jour-là, le commerçant chinois était aux anges : il riait sans aucune retenue. Il a dû croire que j'étais une dingue ! Dès que le premier signe d'ennui pointe le bout de son nez, je saisis mon sac, j'y place mon appareil photo et le carnet ; quelques biscuits, deux fruits, une grande bouteille d'eau fraîche, des mouchoirs en papier et surtout mon nécessaire d'écriture et de dessin. Je m'engouffre à la première station de métro ou je monte dans un train. Il m'emmène là où il va. Une commune, une ville au hasard. Dès l'arrêt, la magie opère. Je deviens actrice de mon voyage. Je suis avide de ces heures riches.

Quel changement après mon prof de gym… mon mari… Oui, Gil ! Le sportif dans toute sa splendeur ! Du jogging au vélo d'appartement, des singlets aux maillots, des chaussures de foot aux baskets ; des vélos rangés dans le garage au panier de basket suspendu au-dessus de la porte du garage : tout m'a donné la nausée et m'a convaincue de fuir au plus vite. J'avais envie d'un nouvel horizon se résumant en trois mots : « moins - con - pétition ». Aujourd'hui, je vis seule dans ce quartier des Marolles. Je respire, j'y suis heureuse !

Je l'écoute, et la regarde, je suis le témoin d'une nouvelle génération de femmes : Lucille qui part, Sonia qui s'envole. Et là, une encyclopédie sur pattes.

De but en blanc, je suis interrompu par Valérie :

– Gil ?

– Oui, Valérie.

– Tu sembles ailleurs, connais-tu le quartier des Marolles ?

– Sans plus ! Pourquoi, Valérie ?

– « Marolles », Gil ? Connais-tu l'origine de ce quartier ?

– Je ne sais pas, dis-le-moi…

– En 979, Bruxelles, qui s'appelle alors Bruoscella, voit le jour au milieu d'un marais. Vers l'an 1134, le clergé érige une chapelle dédiée à Notre-Dame. Elle est rapidement entourée par quelques maisons d'artisans. Par la suite, on construit une léproserie. Ce quartier sera vite entouré d'une enceinte. Ainsi est né le quartier des Marolles ! On dit que le nom vient d'un fromage : le maroilles ! Apporté par des ouvriers du Hainaut. Mais ça, je ne peux le confirmer. Tu vois, Gil, ce quartier est aussi multiculturel. Il montre qu'il est possible de vivre tous ensemble. Hier, Wallons, Flamands, Espagnols, Juifs, Polonais, Italiens ; aujourd'hui, les Maghrébins et les Africains, les gens des pays de l'est et tant d'autres encore.

Je l'écoute tant bien que mal, la Valérie, même si elle nourrit ma cervelle. Je redoute de devoir passer une partie de la journée en sa compagnie. Une faconde étourdissante et intarissable qui donne le tournis. Une force de frappe nucléaire. Il faut que je me casse et que je rejoigne Axel au plus vite.

Axel, couché à même le sol au cimetière d'Uccle, se réveille lentement et songe à Jade.

Ce samedi, quelle curieuse soirée ! Un restaurant indien à Ixelles, une balade dans les galeries de la Porte Louise, un dernier verre au pub irlandais, pour finir par une invitation à l'accompagner chez elle. Jade est franche, dans la voiture, elle a posé sa tête sur mon épaule et de sa main droite, elle me tripote tandis que je remonte sa jupe, ma main glisse entre ses jambes.

Elle se pousse légèrement en avant et se laisse parcourir. Elle ferme les yeux, emportée par ma caresse. Elle m'accompagne dans son plaisir. L'instant d'après, elle retire ma main et la pose sur le volant.

– Laisse-moi au moins t'indiquer la route. Sinon, on n'est pas près d'arriver.

La voiture parcourt quelques kilomètres pour rejoindre la commune de Rhode-Saint-Genèse. La voiture se gare devant une petite maison. Après avoir coupé le moteur, je me penche vers elle et l'embrasse.

– Allez, viens, entrons ! dit-elle.

La maison est petite, mais joliment décorée. Le salon est envahi de toiles. Il y en a partout. Des tubes de couleurs recouvrent un établi. C'est une maison d'artiste.

La cuisine contiguë est parsemée de vaisselle sale. L'évier est occupé par une énorme casserole.

– Fais pas attention au bordel ! Je suis une réactionnaire face aux obligations ménagères. Ma femme de ménage vient le mardi et le jeudi, et je fais le pont entre les jours de son passage. Là, par contre, c'est inhabituel, j'ai reçu des copains encore moins courageux que moi ! Je te sers un verre de vin rouge ?

Elle fait de la place sur la table et y dépose deux verres. Je bois tout en observant les toiles.

– Tu peins admirablement bien.

– Merci. La salle de bain est au premier, j'y vais. Je poserai un essuie-mains propre sur l'évier, rejoins-moi dans la pièce à l'étage suivant.

Elle disparaît dans l'escalier. Je me ressers un verre de vin et fais le tour de la pièce.

À l'étage, le bruit de la douche s'est arrêté, elle me dit qu'elle monte, la place est libre.

J'entre dans la salle de bain. Un panier à linge déborde jusqu'à terre. La machine à laver est bourrée, par le hublot dégueule une partie du linge. Quel capharnaüm !

Le rangement n'est pas son truc à la Jade ! Une musique ? Du Rachmaninov. Des lumières douces illuminent la chambre, je la découvre dans le lit. À peine glissé sous la couette qu'elle se jette sur moi.

Elle flanque à terre tout ce qui fait le lit, je n'ai pas le temps de proposer quoi que ce soit, elle est maître à bord. Elle me prend la verge. Puis d'un mouvement ferme, se cambre, s'empale. Je lui bloque la taille. Jade est rock and roll', c'est une vraie séance de rodéo. Nos corps exultent. Ils se soulèvent, se cognent. Ils transpirent, se font du mal et du bien. Ils se mangent, se mélangent, jouissent, s'arrêtent. Ils se frappent, se posent, redémarrent, roulent sur les draps. Ils se violentent et finissent dans un relâchement total et, de longs soupirs.

On a fait l'amour vite jusqu'à l'épuisement et nous restons blottis l'un contre l'autre.

Tout amusée, elle me dit :

– D'habitude, je dors seule, je mets l'homme dehors. Mais nous avons trop bu, reste dormir ! Nous déjeunerons, puis je te mettrai à la porte. Le dimanche, je le passe avec Noémie. Elle dort chez ma sœur dans la maison d'à côté. Allez, bonne nuit, Axel. Grand merci.

Elle ramasse les oreillers, la couette et recouvre le lit, se glisse contre moi et s'endort.

Les yeux plongés dans le bleu du ciel, il se souvient. Il a fait partie d'une soirée de la vie de Jade, sans plus. Une belle récréation. Il a assuré un service « *All inclusive* ». Sur le banc, Dan le regarde :

– Alors ? De retour parmi nous...

– Quelle sieste, j'en avais besoin, j'ai rechargé mes accus. Si on appelait Gil et Jo… Terminer le week-end en nous retrouvant tous les quatre autour d'une table…

Dan acquiesce pendant qu'Axel envoie un SMS. Jo est déjà aux « Vendangeurs » tandis que moi, je les attendrai au Sablon, devant la chocolaterie Marcolini. La vieille camionnette remonte la rue des Minimes et s'arrête devant la chocolaterie. Je grimpe à bord et mes deux comparses bien remontés presque à l'unisson me demandent de me raconter. Je ne parle pas de Sonia et, ni de ma saoulerie. Je parle de Valérie et de son débit de paroles. Axel, plus bavard, confie que Jade est un phénomène. Il nous raconte tous les détails, la performance. La mise à la porte, jeté comme un Kleenex. Mais que le feu de paille a fait du bien à sa chandelle. Il conclut que, après tout, c'est bien aussi, ces relations homme-femme. Il rajoute que grâce à elles, nous sommes libres, là à pouvoir déconner dans la camionnette. La soirée se finira par un projet, partir à quatre. Un week-end à la Côte d'Opale.

*

LA CÔTE D'OPALE

La Côte d'Opale

– Merde, Gil, j'en ai plein le cul. As-tu vu à quoi je ressemble aujourd'hui ? Je suis un type aigri, cacochyme, triste, mis à poil par le divorce, acculé par les charges financières, harcelé au boulot par un crétin. Ah oui, j'oubliais mes deux adolescentes. Bien que je sois sous anxiolytiques, deux doses par jour, j'arrive encore à en avoir les boules, des crises de colère, des angoisses et de la révolte face à ce monde devenu fou. Sans oublier les femmes qui vous prennent, vous séduisent, vous évaluent, vous cataloguent… et vous jettent.

Je le regarde, ce grand type, il se retourne, soupire et remplit nos verres.

Putain de vie !

Axel prend le magazine posé sur la table et tourne rapidement les pages.

– En plus, je n'ai plus envie de faire quoi que ce soit. Tout m'emmerde. L'autre jour, j'avais mes deux filles. Aucune conversation, aucun dialogue, deux silencieuses… pour le reste, c'était mon portable et *You Tube* à tue-tête, les musiques partagées entre les rappeurs, leurs « *Waiiiii, Yo, Yo, men* » et Laam que j'ai surnommée « Laam de rasoir »… torturant les notes, mes deux poules qui accompagnaient la chanteuse. Vingt ans et seize ans, deux perruches. À l'âge de l'aînée, ma mère m'élevait. Elles, « *The New Generation* », elles squattent le salon, dansent et remplissent les cendriers. Moi, j'évite le milieu du jeu de quilles. Pfft, j'ai pris la liberté de modifier l'ordonnance de mon psy, j'ai rajouté une dose spéciale pour les coups durs... J'ai trop à supporter.

Il se lève, va à la fenêtre et se retourne vers moi :

– N'as-tu jamais eu envie de te faire sauter le caisson ?

– Mourir ? L'idée m'a déjà effleuré, Axel. Mais je la trouve mauvaise. Ensuite, perdre la vie parce que les autres l'empoisonnent, ce serait leur faire trop honneur. En toute amitié, je préfère te voir les empoisonner. André Malraux dit : « *Une vie ne vaut rien, mais rien ne vaut une vie.* » Bien que la citation s'apparente plus à un contexte militaire, je la trouve intéressante ; en te débarrassant de ta vie, tu en abîmes beaucoup d'autres. Tu chamboules la vie de tes proches, tu les laisses dans une situation partagée entre la lâcheté et le désarroi. Imagine tes deux gamines, imagine-les un seul instant, comment serait la situation ? Sans compter que tu ne serais plus là pour les aider à se construire. Malgré cette foutue indifférence, elles savent que tu es là, qu'elles peuvent venir se réfugier près de leur ours de père. Et elles t'adorent, crois-tu que si elles agissent avec ce naturel génial, c'est pour t'emmerder ? Mais non, elles le font avec complicité, c'est une victoire pour un papa. Alors ? Tu les laisserais seules dans ce monde frappadingue... Je ne le crois pas, avec ta grande gueule sympathique, tu es plutôt du genre à crier au monde entier :

– « *N'allez pas vous imaginer un seul instant que je sois capable de quitter la Terre sans avoir pris le temps de vous emmerder un bon coup !* »

– Je sais, Gil.

Je le rejoins à la fenêtre, Dan et Jo sont en bas. Ils nous font signe. Jo tient dans chaque main une bouteille de champagne tandis que Dan sort les bagages de la camionnette. Je tape sur l'épaule de mon meilleur ami. Il me fait un sourire et me serre dans ses bras. Nous descendons les rejoindre. Nous chargeons nos sacs à l'arrière du break d'Axel.

*

Après deux bonnes heures de voyage, nous empruntons une route qui mène au Cap Blanc-Nez majestueux. C'est notre première halte prévue, Jo sort les flûtes tandis que Dan ouvre les bouteilles. L'endroit est presque désert, le vent a découragé les promeneurs. Faut dire que ce cap stoppe net face à la mer avec ses falaises blanches et abruptes. La plage y est à perte de vue. L'air iodé et vivifiant frappe nos visages. Le ciel immense bleu azur tranche avec la couleur laiteuse de la Manche. Nous écoutons les vagues au loin, le vent et les cris des mouettes qui dansent au-dessus de nous. Chacun garde le silence et se laisse bousculer par les rafales. Le champagne accompagne bien notre silence. Nous restons une bonne heure et repartons à travers la campagne, le temps y est dégagé, le soleil moins timide réchauffe enfin la route.

Arrive Audresselles, nous traversons les rues du village, des petites maisons traditionnelles de pêcheurs et des bateaux d'échouage forment le décor. Au bout d'une voie sans issue, notre gîte, « La porte des deux Caps ». Madame Valentine, la propriétaire, nous accueille. Sa maison est typique, c'est une petite longère. Une très ancienne habitation rurale qui donne directement sur la plage. Nous la suivons à l'intérieur. Le poêle à bois crépite et diffuse une bonne chaleur. Après avoir rempli les formalités d'usage, elle nous fait l'inventaire du logis. Près de la maison, une vieille barque est peinte d'un bleu tunisien intense. Des géraniums blancs tout le long de la coque tombent en grappe. La maison est soignée, son mobilier est fait de bric et de broc. Dans nos chambres, sur les tablettes de nuit, quelques prospectus sont éparpillés. Une fois les affaires rangées, nous marchons sur la plage de sable et de galets. À deux pas de nous, un tracteur ramène un flobart sur le rivage. Des mouettes devenues agaçantes tournoient sans cesse au-dessus de nos têtes.

Je propose de nous rendre à Wimereux. Lors de notre arrivée, nous tombons immédiatement sous le charme de la bourgade. C'est une belle station balnéaire. Contrairement à la côte belge, elle a su préserver son patrimoine. Les maisons sont des rescapées de la belle époque. Jo et Dan, notre « Nostradanny » cherchent à se mettre quelque chose sous la dent. Axel et moi restons en arrière. Nos deux amis ont choisi une terrasse sur la digue. Quatre bières se posent sur la table tandis que des enfants chahutent sur la digue. On finit par ne plus s'entendre.

Agacé au plus haut point, Axel s'exclame :

– Merde, c'est pas vrai. Passe encore pour les mouettes, mais là, non. Il y a des kilomètres de digue et on a droit à la colonie en direct de Fort Braillard.

Il se lève et sermonne les mômes :

– Dites, les rentes alimentaires, mettez-la en veilleuse !

Il se retourne face à la terrasse et termine :

– Dire qu'il y en a qui passent par l'insémination *in vitro*, moi je serai plutôt adepte de « *l'évacuation into the vitraux* ».

Il se rassoit quand Jo engage la conversation, il a reçu une convocation de l'Office de l'Emploi, pour un plan d'accompagnement.

– Vu mon niveau d'études, je ne vois pas ce qu'on peut faire de moi. J'ai rien pu apprendre. Faut dire que nous étions onze enfants à la maison. Ma mère était une poule pondeuse. Je ne l'ai connue qu'enceinte. Elle adorait mon père et ne voulait pas le perdre. Elle pensait naïvement tenir son homme par les couilles. Lui en riant, la disait « chaude comme une baraque à frites ! » N'empêche, il n'a pas ri longtemps. C'était d'ordinaire : « bardaf » ! Pris par la publicité féminine, il était cuit. Angoissé par son rôle de tireur d'élite, il avait fini par faire un choix. Il avait élu domicile au café.

Le jour, il était manœuvre dans l'égouttage, le soir, animateur au bistrot. Chaque jour épuisé, il rentrait tard. Accueilli par la mère qui lui gueulait sa fatigue à élever seule la ribambelle de moutards. Aussi le manque d'argent. Gaspillé l'argent, au bistrot. Sans lui prêter la moindre attention, il montait se coucher. De toute manière, les disputes s'arrangeaient sur l'oreiller. Je vous passe les détails. La suite est idiote, le vieux est mort sur un chantier. Un éboulement stupide de terrain. Une mort atroce, il est mort compressé, asphyxié. Près d'un quart d'heure à crever. Les uns essayant de le dégager, les autres gueulant dans ses oreilles. Juste trente-deux ans et onze gamins.

Tout ça à l'époque de la contraception, deux champions dignes de passer dans le *Guinness Book*. Ma mère, en colère, lui en voulait d'avoir été dans le trou ! Elle répétait sans cesse : « *Quelle biesse type, Il n'avait rien à faire là.* » J'avais beau lui dire qu'il plaçait des canalisations, elle remâchait qu'il n'avait rien à y faire dans le trou : « *Ton père n'avait rien à faire là !* »

La suite ?

J'ai quitté l'école pour l'apprentissage. Deux ans sans succès, des patrons qui m'exploitaient. Les corvées, que des corvées : balayer, laver, nettoyer, porter... Tout ce qui les enquiquinait était pour l'apprenti. Bref, lassé, j'ai fugué, abandonné. J'étais plus heureux en dehors du monde que dedans. Ensuite, j'ai fait l'armée comme volontaire de carrière. Où pouvais-je aller ? C'était bien, l'armée, pour des pauvres comme moi. Sans l'armée, comment ils font les jeunes aujourd'hui ? Ils finissent dans le caniveau. Là, j'étais logé et nourri, je dormais enfin tranquille, j'assumais la famille... Puis ce fut Myrtille, exit l'armée sans trop savoir pourquoi... Peut-être l'envie d'être libre.

Chacun de nous est attentif. Axel, hésitant, lui demande :

– Jo, qu'as-tu appris à l'armée ?

Il lui réplique :

– La seule chose que j'ai réussie, c'est le permis de conduire.

– Quel permis ?

– Je les ai tous, mais je n'ai jamais fait que conduire des camions datant de l'après-guerre... et encore ! Autour de la caserne. Je n'ai plus jamais mis mon cul derrière un volant depuis. Je n'ai même pas conduit une voiture. La seule chose que je maîtrise, c'est mon scooter. Alors, tu penses, qu'est-ce que je peux faire avec ça ?

– Jo, arrête, tu te sous-estimes, tu peux conduire des poids lourds, des bahuts... Parles-en, ils font des formations, des remises à jour. Vois ce permis comme une véritable opportunité. Je t'y vois bien, moi, en chauffeur !

Jo sourit et termine sur ces mots :

– C'est vrai, je devrais m'y mettre.

Il baisse la tête, j'aime bien Jo, je l'observe et une phrase de Lucien me revient en mémoire. Lorsque je voulais abandonner mes études comme le font beaucoup de jeunes adolescents, il me sermonnait avec gentillesse : « *En négligeant le début de ta vie, tu te désarmes pour le restant de celle-ci.* » Jo est un de ces gamins trop vite largués, nous devons l'aider. Par ailleurs, nous sommes quatre et chacun a sa valise sur le quai de la vie.

Le plateau de fruits de mer commandé se pose sur la table. Dan demande au serveur d'immortaliser ce moment avec l'appareil numérique. Après quelques essais, la photo est parfaite.

Après le repas, nous empruntons un sentier pédestre depuis la ville. La Côte d'Opale fourmille de sentiers. En les suivant, nous passons par la falaise et la forêt. Nous ne faisons que les sept premiers kilomètres. Notre digestion est trop lourde : les crevettes, les langoustines et les huîtres ont du mal avec les bières et le vin blanc, sans compter nos conditions physiques plus en rapport avec les terrasses qu'avec les centres de fitness. À notre retour, nous nous promettons tous de nous mettre au sport et de supprimer le tabac. Dans la voiture, Axel nous fait part d'une idée.

– Je propose une sieste au gîte, ensuite on se tape Boulogne-sur-Mer.

La propriétaire est sur le pas de la porte, et nous demande comment s'est passée notre matinée. Elle écoute le résumé avec attention lorsqu'Axel lui annonce notre intention de sortir tard la nuit. Moqueur, il rajoute qu'elle ne doit pas faire le pied de grue devant la porte. Nous sommes des adultes. Devant l'attitude de la proprio, ce salaud esquisse un sourire et termine par ces mots : *« Nous ne ramènerons pas trop de monde chez elle »*.

Douchés, rasés de près, parfumés avec justesse, nous descendons l'escalier pour emprunter la sortie.

Une fois dans la voiture, Axel commente l'inquiétude de notre gendarmette :

– Eh bien, notre Valentine… elle ne va pas aller se coucher de bonne heure… elle va nous attendre et surveiller le bivouac. Quant à l'endroit, je crois avoir trouvé. Une brasserie avec sa discothèque. Par chance, elle organise des soirées à thème. Ce soir, nous sommes concernés. C'est la soirée de la dernière chance, la soirée des célibataires.

Nous roulons dans la ville de Boulogne-sur-Mer. Nous ne tardons pas à trouver l'endroit. Une ruelle, pas loin du port… Une affiche ringarde : « *DANSE AVEC NEVER ALONE* ».

Nous nous garons rapidement et entrons dans la brasserie. La « boule disco » tourne et reflète la lumière des spots. Des hommes et des femmes, toutes générations confondues, dansent.

Nous ne mangeons pas, très vite pris par l'ambiance et l'alcool. La musique est bien gérée. Les vieux tubes se succèdent avec énergie. Arrivent les slows. La piste est envahie, chacun est concentré. Jo est plongé entre les seins d'une grande et grosse brune, Dan a le nez dans le cou d'une jolie bobo toute bouclée.

Axel ne danse pas, il est en conversation au bar. Moi ? Guéri par mon échec d'avec Sonia, je reste au bord de la piste. Jo me rejoint au bar, je lui propose de prendre l'air. Nous empruntons le boulevard Sainte-Beuve, et nous traversons les jardins du Casino. Au loin, Axel vient à notre rencontre et s'étonne de l'absence de Dan. Nous marchons vers le port, les mâts des bateaux amarrés cliquettent sous le vent et des clapotis étouffés arrivent à nos oreilles.

Il est bien deux heures du matin quand mon GSM me prévient d'un message, c'est Dan, il ne rentrera pas. Dans la voiture, Axel allume la radio. Le jazz envahit l'habitacle. Jo s'est endormi à l'arrière. Arrivés au gîte, nous rentrons à pas feutrés et sombrons rapidement dans un sommeil profond.

Vers les dix heures du matin, on frappe à la porte. La voix du mari de la propriétaire nous prévient que si nous voulons prendre le petit-déjeuner, c'est le moment. Il termine en annonçant que notre ami nous attend à table.

En moins de temps qu'il n'en faut pour le dire, nous nous retrouvons dans la salle à manger. Dan est là, en pleine forme, les cheveux hirsutes et la barbe naissante.

– Salut, bien dormi ? nous lance-t-il.

– Comment es-tu arrivé jusqu'ici ? demande Axel.

– Avec une jolie cavalière, par la plage. À dos de cheval… sur un Boulonnais. Un cheval de trait.

Je vous le jure, à dos de cheval.

Nous le regardons… Boulonnais… Cheval de trait… Par la plage.

– Allez, je vous explique ! J'ai fait la rencontre d'Anastasiya hier. Enfin ce matin, vers une heure. Pas dans la boîte, mais à la terrasse devant. Elle lisait un livre que j'ai en vente chez moi. Nous nous sommes baladés à la belle étoile, nous avons longtemps parlé, elle était amusante, étonnante. Je l'ai ramenée devant sa boutique. J'ai dormi chez elle. Anastasiya confectionne des bracelets, des colliers et des sacs, en récupérant des vieux pneus et des chambres à air. Nous avons discuté une grosse partie de la nuit, si bien que nous nous sommes endormis sur le divan.

Nous l'écoutons tout en déjeunant. La fenêtre de la pièce où nous sommes attablés donne sur la rue. En écartant le voile, je regarde l'état du ciel. Il fait gris et très nuageux. Les propriétaires remarquent mon scepticisme. L'épouse me rassure en me disant que c'est normal pour la saison ; que c'est vers midi que le ciel se dégage. Toujours d'après elle, le vent poussera la masse grise vers l'intérieur des terres. L'après-midi sera belle. Nous nous servons un dernier café. Axel regarde sa montre.

– C'est quoi, l'histoire du cheval ? reprend Jo.

– Ah oui ! Ce matin, je me suis réveillé avant elle, et j'ai examiné toute la pièce. C'est en observant que je cerne mieux les personnalités. Sur l'un des murs, elle a réalisé un pêle-mêle. Au bas mot, une cinquantaine de photos, dont une qui a retenu mon attention. Prise de face, elle monte un sacré cheval, son Boulonnais. La somptueuse crinière de l'animal est carrément soulevée par la vitesse. Ses crins rejoignent les cheveux de la cavalière. Anastasiya est littéralement allongée sur la bête lancée au grand galop. Une communion parfaite. Même rage, même force, même grimaces. Et derrière, de l'eau projetée. Anastasiya, entre-temps, s'est réveillée, s'est levée pour me rejoindre et me décrire la course. Cannelle, sa Cannelle, douce comme du pain d'épice. Avec elle, elle fait des balades incroyables, c'est une jument intelligente, elle ne doit jamais insister. Elle comprend tout. C'est son père qui a fait cette photo au téléobjectif. Bien évidemment, elle rêvait de me la présenter. Ce qui tombait à pic, c'était le manège. Juste à côté d'ici. Voilà pourquoi je suis arrivé à cheval.

Nous terminons de déjeuner lorsqu'Axel intervient. Il dit que ce week-end lui fait du bien, qu'il passe des heures inoubliables, qu'il marche au rythme normal du temps, sans stress, sans contrainte, sans doute. Il lève sa tasse :

– Allez, au nom de notre belle amitié ! J'ai quelque chose à vous dévoiler : j'ai pris une décision ce matin. J'ai décidé de me reprendre en main, je dois modifier le cours du temps qui me reste, supprimer ce qui me gangrène, ce qui m'empoisonne. Rejeter l'effet « nocebo ».

Je l'observe et je pense à mon propre compte à rebours, à mon propre tableau Excel. Il continue :

– Avec vous, j'ai retrouvé le goût de rire, le parfum de l'amitié. C'est avec vous que je respire. Je me sens bien. Une vraie famille. Nous sommes tous les quatre différents et, tous les quatre, nous allons bien ensemble. Ce break dans nos vies est une chance.

Il regarde Jo, il dit que nous allons l'aider. Que nous allons lui apporter cette force et la confiance en lui pour récupérer son fils et pourquoi pas, la mère qui va avec. Là, il n'insiste pas des masses, il a, envers les femmes, une allergie confirmée. Il dit qu'elles sont de véritables emmerdeuses et des bouffeuses de vie. Allant jusqu'à les mimer. Ce qui fait rire les propriétaires du gîte.

– Attendez. Ne riez pas trop vite. Je vous raconte la nuit. On s'est retrouvé à cette soirée disco qui ressemblait plus à un cimetière. Il y avait plus de femmes que d'hommes. Des hommes jeunes, des chasseurs fainéants garantis de trouver du sexe pour bien terminer la soirée. C'était pathétique du côté féminin, je vous montre.

Axel se lève et se met à mimer les adeptes de la seringue miraculeuse, les « botoxées » et celles qui jouent à danser sur la piste à l'air de rien : « *Je ne vous regarde pas, je fais mine d'être indifférente, mais je rêve que vous me preniez sur le capot de la Lada* ». Suivi de la farouche, celle dont la cave à vin n'a jamais été visitée, celle dont le petit gris chante à tue-tête au bord de la laitue. Il termine par celles qui rient très fort, les hystériques. Là, Axel adopte le rôle de Freud. Nous garantissant que ces dernières sont des victimes de la dépendance de la vaginite aiguë, à cataloguer dans la catégorie des « hystérocomiques ». Un mot probablement inventé, mais qui fascine nos hôteliers. Il entame avec une belle philosophie d'ouvrier de chantier les manques d'expérience de la femme par rapport au sexe masculin :

– Il ne suffit pas d'agiter la pompe pour en faire sortir le jet et en conclure que le propriétaire aura joui. L'homme, s'il se contentait de ce petit jeu, resterait un adepte de la branlette. Il ne se fatiguerait pas à prendre le chemin de la chasse. Mais, s'écrie-t-il ! Bon Dieu, soyez inventives, prenez des positions motivantes, mettez-vous en levrette. Laissez-nous vous regarder. Nous sommes des voyeurs dominants. Mais nous aimons être dominés. Notre cher pénis, le pauvre, ne demande qu'à être motivé. Sans abandonner la fellation qui ne se limite pas à un traitement d'amateur de boules de glace chez un glacier. Mais à un investissement personnel de manipulation du gland. Faites monter la jouissance et faites en sorte de la canaliser, puis recommencer.

Axel fait les gestes, les grimaces et mime le rut. (Sous nos éclats de rire). Puis il se calme. Il se rassied et reste un long moment silencieux. Nous restons bouche bée face au spectacle et à la chute silencieuse. Nos propriétaires font de même, le mari a adopté la position de l'arrêt sur image. Axel reprend :

– Dan ? Il y a un truc qui m'interpelle, est-ce que tu as toujours vécu seul ?

Dan confirme en hochant la tête et lui répond :

– Je n'ai jamais voulu rentrer dans le moule. Mais je t'assure qu'avec le recul et l'analyse que j'en fais, c'est un très bon choix : je suis un homme heureux ! Je laisse « l'amour contrat » à ceux qui se sentent le besoin de s'approprier les choses. Au début des histoires d'amour, tu montes un superbe cheval. Le temps passant, la passion s'estompe. Tu finis à dos de mulet. Laissons l'amour sans vouloir le canaliser. Il est imprévisible et tellement beau quand il est dépourvu de chaînes.

Personne ne contredit ses arguments.

– Autre chose, Dan, d'où te vient ta passion pour l'occultisme ?

L'interrogé nous demande de nous regrouper, et, tel un chef d'orchestre, il commence :

– Dans les années septante, je venais d'avoir douze ans, mon père m'offrit un vélo. J'étais heureux comme tout. J'eus envie de l'essayer et de faire une longue balade. Quelques passages devant la maison rassurèrent mes vieux sur mes compétences et ma maîtrise du deux-roues. Avec leur bénédiction, j'empruntai le chemin de halage qui conduit à Virginal. Fatigué de rouler sur ce chemin, je décide de rentrer dans le bois des Rocs. Les vieux de la cité racontaient qu'une pierre mystérieuse s'y trouvait. Ils la nommaient : « La Table des Sorcières ». La légende disait qu'à l'époque, les lavandières venaient y laver leur linge. Un jour, elles en ont oublié une grosse partie sur la roche. Le lendemain, en revenant, elles retrouvèrent le linge propre et repassé. Ce n'était pas l'histoire des lavandières qui m'intriguait, mais le nom de « La Table des Sorcières ».

En apercevant le rocher plat près du ruisseau, je posai mon vélo contre le tronc d'un arbre et m'approchai de la roche. Je la contournai, et la touchai : elle était froide ! Pourtant, les rayons du soleil la caressaient. Je sentais la chaleur sur ma main. Comme tous les enfants, l'eau m'attirait. Le bruit du ruissellement était des plus agréables. Le soleil jouait avec les feuilles et dansait sur les mouvements du ruisseau. Tandis que j'avais la tête penchée vers l'eau, par-dessus mon épaule, je sentis comme une présence, comme si on m'observait. Paniqué, je me redressai et regardai tout autour de moi. Mais rien ne bougeait, j'étais seul. Il n'y avait que le vent qui secouait les branchages. Je haussai les épaules en me moquant d'être froussard. Je m'accroupi à nouveau. La tête bien penchée sur l'eau. Lorsque je vis un visage se refléter auprès du mien. Je poussai un cri et je me redressai. Mais, j'étais seul ! Mon cœur battait à tout rompre dans ma poitrine : « Y a quelqu'un ? » Personne ne me répondit. Intrigué, je m'assis sur le bloc, et je continuai d'observer tout en prêtant une attention toute particulière aux mouvements des branches. Je regardai aussi le ruisseau, sans oser y retourner. Tout en allongeant mes deux bras vers l'arrière, et en posant mes deux mains à plat sur la pierre. J'eus l'impression que ma main droite touchait quelque chose. J'écartai délicatement mes doigts. Une boucle d'oreille scintillait de mille feux. Pourtant, en arrivant, j'étais certain qu'il n'y avait rien sur la pierre ! Je me levai et montai sur la roche. Comme si la faible hauteur allait me faire grandir : « Arrêtez ! Vous me foutez la trouille ! Allez, montrez-vous maintenant ! Allez, t'es une fille, t'es pas marrante ! Montre-toi ! » Je criais de toutes mes forces. Cette fois encore, personne ne me répondit, juste les bruits de la nature. La frayeur commençait à me glacer le sang. Le froid partait du bas du dos jusqu'à l'arrière de mon cou. Je claquais carrément des dents.

Je décidai de m'enfuir au plus vite. Je glissai la boucle d'oreille dans ma poche, puis j'enjambai mon vélo. Je crus que ma poitrine allait exploser tellement j'avais peur. Ce qui me permit d'ailleurs de filer à toute allure, je pensais que mes poumons allaient éclater. De retour sur la route à l'orée du bois, j'osai faire une pause. Ma gorge était sèche et nouée. Quelle trouille ! J'observai encore le bois et le sous-bois. Et dans la faible profondeur, m'apparut une femme tout de blanc vêtue. Tel un fantôme. Bon sang ! Il s'agissait vraiment d'un fantôme. Tétanisé, je ne parvenais plus à bouger.

Seule la distance qui nous séparait me rassurait un peu…

Nostradanny se tait, nous regarde. Axel penche la tête et fait une grimace.

– Dan, ne serais-tu pas en train de nous prendre pour des cons ?

– Il nous regarde tour à tour :

– Allez, ne prenez pas ces airs, c'est ma tournée ! nous dit-il avec enthousiasme. Aubergistes ?

On peut avoir du vin ?

Un coup d'œil à la pendule pour constater qu'il est un peu tôt pour se mettre à boire, mais bon… Nos propriétaires sortent une bouteille et six verres. Ils nous l'offrent.

– C'est vrai que vous êtes marrants, vous les Belges ! On ne s'ennuie pas avec vous !

Chacun lève son verre et salue le talent du narrateur.

– Bon, êtes-vous prêts à entendre la suite ?

Axel hausse les épaules et fait un air étonné.

– Parce qu'il y a une suite ?

– Il vous manque la raison pour laquelle j'exerce mes activités. Je remonte deux ou trois ans plus tôt. Toujours à Tubize, Josette, ma très adorable mère, était couturière et Alfred, mon père, travaillait aux Forges de Clabecq en tant que contremaître mécanique. Nous habitions la Cité des Forges, dans une maison étroite et petite aux briques noires. Mais ma mère avait fait de ce berceau industriel, un vrai petit coin de paradis. Les jours de semaine, elle travaillait à Tubize, chez un tailleur, elle confectionnait des robes. Après ses heures, quand elle se trouvait à la maison, elle faisait des retouches pour boucler les fins de mois. Son matériel était rangé dans une boîte. Elle y plaçait toutes les choses pouvant lui servir, comme des broches cassées, des boucles de ceinture en cuivre travaillé, des strass et des pièces de cristal du lustre… Lustre qui ornait le plafond du couloir, c'était le seul objet de la maison qui faisait chic, elle lui accordait un soin tout particulier. Elle frottait à l'alcool à brûler les pièces de cristal. Il avait belle allure. Jamais elle ne fit tomber un des accessoires, et sa réserve était intacte !

Étant fils unique, je devais faire preuve d'imagination pour occuper le temps. Je lisais un certain nombre de livres et de bandes dessinées. Après, je jouais les histoires durant des heures, et parfois même durant des jours. J'avais également un vieux livre qui initiait au pendule. C'est ici que la boîte aux trésors entre en scène. Ma mère et moi avions conçu un pendule avec une larme de cristal du lustre ! D'après l'auteur du vieux bouquin, la goutte de cristal était très bien acceptée. Ma mère avait ajouté une petite chaîne en or et l'avait fait se terminer par une fine alliance en or. Oui, tout en or pour « un petit gars en or » ! C'est elle qui l'affirmait tout en me faisant promettre de ne jamais perdre cet objet précieux, et de ne pas casser la goutte. Voilà, ça, c'est pour la partie technique qui rejoint celle du bois des Rocs.

Reprenons à ma course folle... J'arrivai à la Cité des Forges, et je retrouvai mes parents ainsi que la maison. Je montai quatre à quatre l'escalier conduisant à ma chambre. Je m'enfermai et je saisis la petite bourse en toile noire qui protégeait mon pendule. Je m'allongeai sur mon lit, et, peu à peu, je retrouvai mon calme. Puis, je me relevai, sortis la boucle d'oreille de ma poche, et la déposai au sol, sur le tapis. Tout en tenant mon pendule, je commençai mes interrogations. À chacune de mes questions, il formait des cercles en tournoyant dans l'un ou l'autre sens avec de plus en plus d'énergie. Mes questions étaient les suivantes : « Ai-je vu une femme dans le bois ? Est-elle encore dans le bois ? Est-elle vivante ? Est-ce sa boucle d'oreille ? »

À la première, ce fut un « oui » ; à la seconde, un autre « oui », à la troisième... À la troisième, ce fut un « non » ! Trois fois, je me concentrai, et, par trois fois, le pendule m'indiqua un « non ». La quatrième et dernière question fut un « oui ». Je dévalai les escaliers tout en appelant mes parents. « Mais qu'est-ce que tu racontes ? me demanda Josette, quelque peu éberluée. D'où tiens-tu cette histoire ? » Je leur narrai mon aventure, tout en leur montrant la boucle d'oreille, et je terminai en évoquant le pendule.

Alfred et Josette se passèrent la boucle. Leurs visages me parurent soucieux. Josette, énervée, me poussa et entra dans la cuisine : « Je vais faire le souper. »

À table, un lourd silence planait. « Elle est bizarre, ton histoire ! C'est vrai qu'une jeune femme a disparu récemment... Tu l'as vue ? Vraiment ? » dit soudain mon père. Josette et lui me regardèrent. Je racontai à nouveau la totalité de mon histoire en insistant sur les détails, mon père intervint en prenant un ton sérieux : « On va aller chez le vieux Louis : son fils est peut-être chez lui. Tu sais qu'il est policier à Nivelles. » Josette s'étonna : « On va te prendre pour un fou, voyons ! »

Mon père réfléchit, puis me demanda de l'accompagner. Nous nous rendîmes chez le vieux Louis. Le fils rentra du travail, c'était un colosse habillé en policier. Après quelques verres de vin et quelques histoires locales, on lui montra la boucle d'oreille. Le policier sortit son carnet et me demanda de lui donner plus de précisions.

Ainsi, la police fit des investigations dans le bois et trouva la jeune femme. Elle était morte, toute de blanc vêtue. Le médecin légiste déclara qu'elle était décédée quelques jours auparavant, au début de la semaine. Moi, je l'avais vue le dimanche suivant, soit huit jours plus tard, vivante ou semblant l'être. C'est de là qu'est née ma passion.

Dan se lève et glisse sa main dans la poche de son gilet de soie. Il en sort une petite bourse noire, l'ouvre et nous montre la larme de cristal. Tour à tour, nous admirons l'objet qui ne quitte plus notre voyant.

La propriétaire s'approche et lui adresse la parole discrètement à l'oreille. Je propose de quitter la table et de doucement songer à ranger nos affaires. Axel et Jo m'ont compris.

Les propriétaires veulent faire un bout de chemin avec Dan. Il nous rejoindra sur la plage devant le gîte, il ne dira rien. Il restera silencieux longtemps.

J'ai bien du mal à croire à son histoire, mais quand même, mon ami ne m'est pas indifférent. Je lui accorde certainement ma confiance et je lui confierais plus volontiers mon intimité plutôt qu'au premier curé qui passe.

Nous nous sommes mis en route vers les seize heures, nous avons salué nos propriétaires à qui nous avons promis de revenir dans quelques semaines. Valentine, l'épouse de Roger, embrassa Dan très affectueusement ; Roger, quant à lui, lui serra la main avec reconnaissance.

Diable, avait-il réussi quelque chose ? Je n'en saurai jamais rien.

Dan a le secret de ces hommes étranges. Je me contentais de les observer, ils avaient l'air tous les trois très heureux.

*

De retour chez moi, j'étais satisfait de ce court week-end. Nous avions renforcé notre amitié et je vénérais Facebook. Axel était mon ami et, grâce à son exubérance et son sans-gêne, il m'avait offert plusieurs liens de nouvelles amitiés.

À cette minute précise, je crève d'envie de contacter Lucille. Je voudrais lui raconter cette nouvelle vie, lui dire que je l'aime. Qu' elle me manque. Lui dire que j'ai envie qu'elle revienne. Envie que nous partagions à nouveau cette vie commune. Qu'il est urgent qu'elle m'entende.

*

MISES AU POINT

Mises au point

Ce soir, il pleut. Dois-je rappeler qu'il est très habituel qu'il pleuve chez nous, dans le Nord ? C'est ce qui fait de nous des gens au caractère bien trempé, je ne commets pas d'*imper* en vous l'apprenant.

Donc, comme souvent, ce soir, il pleut. Les pavés mouillés réverbèrent les lumières des petites maisons commerçantes sans âges accolées à l'église Saint-Nicolas. La rue de Dan est assez sombre, Axel repère le magasin. Un grand volet tagué est descendu, il n'y a ni parlophone ni sonnette. Seul l'étage est éclairé, il saisit son portable :

– Dan ? Je suis devant…

– J'arrive, je balade Karla.

La communication se coupe tandis qu'au loin, deux silhouettes apparaissent. Dan tient ce qui a l'air d'un chien. Il s'empresse de dire qu'il n'est pas à lui, qu'il rend service à un de ses voisins, Simon.

Curieusement, le cleps est une femelle qui frétille de la queue et qui jappe en imitant le son du crapaud. Dan veut rassurer Axel face à cet ovni, il affirme que c'est un mini bouledogue français.

– Cette chauve-souris porte le nom de Karla… ! s'exclame Axel. On dirait qu'elle a grandi dans une boîte à chaussures !

– Tout un programme, Axel, Simon adore sa petite chienne, mais il n'ose plus sortir à la nuit tombée ; il a été agressé par des jeunes courageux, des petits cons bien incapables de s'en prendre à un costaud. Toi, tu n'aurais eu aucune difficulté à leur casser quelques dents, mais Simon est un homme âgé, raffiné, très mince et…

Le chien – puisque Dan certifie que c'en est un – précède les deux amis en tirant sur la laisse. Il émet des sons glauques qui ressemblent à des râles. Axel est persuadé que si Dan doit le tenir en laisse, c'est uniquement pour protéger l'animal. Il y a de nombreux restaurants chinois dans le coin. Dodue comme est Karla, elle ferait recette.

Dan sonne chez Simon qui appelle la petite par la cage d'escalier. La chienne se lance quatre à quatre laissant sa laisse à enrouleur rebondir sur les marches en faisant un incroyable vacarme.

– Dis, Dan, j'ai bien entendu ? Il l'a appelée « poupée Karla »…

Un monstre à la rétrognathie des plus sévères baptisé « poupée Karla ».

Dan relève son volet, ils entrent dans la boutique et ils gravissent l'escalier droit qui mène à l'étage. Axel jette sa veste sur les coussins colorés. Un Bouddha gigantesque est placé entre deux longues bibliothèques. Pendant ce temps, Dan remplit deux verres d'un vin chinois.

– Quelles nouvelles des deux autres ?

– Pour Jo, gros changement de look. Coiffeur – chemise blanche – pantalon de toile. Il affiche un air nouveau, très sérieux, c'est ma méthode pour le motiver. Sa formation de chauffeur débute dans une quinzaine de jours. Il a choisi le cycle de conducteur de car. Pour Gil, il essaie de renouer le contact avec Lucille. Il en est toujours très amoureux. Je croise les doigts pour qu'il en soit de même pour elle, il n'y a rien de plus dur que le manque de réciprocité. Au fait, Dan, qui est Simon ?

Il lui apprend que Simon est un danseur à la retraite ; qu'il a travaillé au « Chez Flo », une boîte de travestis. Il dit de lui que c'est un homme charmant, pourvu d'un humour fin et féroce. Qu'il est instruit et passionné de cinéma. Qu'ils passent ensemble des soirées entières à écouter des comédies musicales, à revoir des classiques et des vieux films. Simon apporte souvent le champagne, il ne sait pas boire autre chose comme alcool. Qu'il regrette que Dan soit hétéro, il paraît qu'il rate beaucoup…

– Tiens, à propos, Axel, as-tu déjà essayé ?

– Essayé ? L'homosexualité ?! Non… Jamais, mais j'ai une histoire à ce sujet. Veux-tu la connaître ?

Axel part dans ses souvenirs de jeunesse, à l'époque où sa vie était les planches, impliqué à fond dans le théâtre. Il partageait cette passion avec son ami Lionel. Un soir, lors du retour à la loge, Lionel ne tenait pas en place tant il était euphorique, il souhaitait sortir, « faire la nuit ». Il se jeta dans les bras d'Axel et le serra plus que d'habitude. Énervé par ces sauts de carpe, Axel lui annonça qu'il rejoignait Amélie. Lionel entra dans une colère noire : « Amélie ? Toujours ton Amélie… Tu vas finir comme tous ces cons… Y en a plus que pour elle. Qu'est-ce que je deviens, moi ? Cette gonzesse me sort par les naseaux. Continuellement dans nos pattes. Dans toutes nos conversations. Elle est là, dans la loge, aux répétitions, et même dans nos sorties. Elle me fait chier, elle me fait chier !! »

Axel abasourdi par la colère de son ami et surpris par les larmes qui suivirent, resta sans pouvoir rien répliquer.

« J'en ai marre, Axel, je suis jaloux de cette situation, je dois te l'avouer… » Lionel le regarda, puis il baissa les yeux. Il ajouta ces mots : « Je suis amoureux… amoureux de toi… Je suis homo et… amoureux de toi. »

Sur le moment, Axel crut à une blague. Il n'osa pas rire car Lionel était effondré devant lui. Par chance, Amélie entra et il put s'enfuir avec elle. Ce soir-là ne fut pas comme les autres, Axel resta calme, refroidi, bloqué, déstabilisé. Il venait de vivre une déclaration d'amour qui ne le laissait pas indifférent, Lionel était son meilleur ami, le complice de sa passion, le complice de son projet d'avenir.

– Tu sais quoi, Dan ? J'aimais Lionel comme mon alter ego, comme un frère. Néanmoins j'étais et je suis un hétéro pur et dur. Ma conclusion est que chacun fait ce qui lui plaît. Je lève mon verre à Lionel et à Simon. Aimons-nous les uns les autres et qu'importe la manière ! Après tout, Simon a sans doute raison. Quand il regrette que tu sois hétéro, c'est peut-être un petit préjugé qui nous prive d'un grand plaisir.

– Et ton ami Lionel, qu'est-il devenu ? sourit Dan.

Axel lui dit que celui-ci monta à Paris suivre le cours Simon. Que parfois, il eut l'occasion de lire son nom sur des affiches. Mais c'est vrai que là, il n'a plus jamais eu de ses nouvelles. Il avait cassé l'amitié par des répliques qu'Axel ne voulait pas entendre. Lionel disait de lui qu'il allait devenir un de ces maris grossissants, un de ces crétins élevant une ribambelle de moutards. Tondant la pelouse les samedis. Lavant la voiture devant la maison, les dimanches. Qu'il pousserait le Caddie derrière Madame son épouse, que son talent allait valser aux oubliettes.

Axel marque un instant le coup et regarde Dan.

– Force est de constater qu'il n'a pas menti, mon Lionel. J'ai fait exactement ce qu'il avait prédit. Bravo Lionel, merci pour ce rappel de vie.

Dan regarde Axel qui semble avoir du chagrin.

– Ne va pas croire que je n'analyse rien, Axel. Depuis que nous sommes amis, je t'observe. Je vois cette colère justifiée tout à l'intérieur. En ce moment, tu réfléchis au chemin parcouru et c'est très bien. Je ne crois pas au hasard, je crois au changement. Bien des gens ne s'écoutent pas. Pourtant, on a tous à l'intérieur cette petite voix qui nous parle. Il faut prendre le temps de l'entendre et de l'écouter. S'écouter est primordial. Se regarder, se toucher. Savoir pourquoi on a des douleurs. Des spasmes, des crises d'angoisse, des migraines, des troubles de la mémoire, des accès de colère, des envies de suicide ou de meurtre, des problèmes digestifs, des toux agressives, de l'asthme, des allergies. Une liste bien longue, mais qui doit être entendue. Tu vas changer la donne !

Axel soupire : ce gars est infernal par sa façon simple d'interpréter ce que nous sommes. Lui, l'universitaire, le divorcé. Le père mal inspiré, maladroit. Lui est un gros nul face à cet homme adepte des sciences occultes.

– Axel, la voix intérieure est liée à l'empathie. Nous, enfin bon nombre de personnes oublient que nous sommes des animaux. Nous avons oublié la majeure partie de nos sens. Ces vestiges du passé, ces réactions animales enfouies au fond de nous sont récupérables. L'empathie est un moyen étrange et magique. Bien développée, tu peux arriver à ressentir l'autre. Et parfois, tu peux arriver à le diriger, le mener là où tu le désires. Attention, je te parle de l'écoute de soi. Rester attentif, vigilant, intuitif, sensible, humble et observateur. Une fois ces sens acquis, tu es capable de distinguer ce qui est bon pour toi ou pour l'autre. Et ce qui peut être nuisible pour toi ou pour l'autre.

Axel quittera Dan tard dans la soirée avec une boule bien enfoncée dans l'estomac. De la rancœur et de la prise de conscience des chemins loupés. Ce diable d'homme avait mis le doigt là où il le fallait. Il venait de balayer l'ours d'un violent tsunami.

Le lendemain, Axel entre en salle de réunion. Sur la table de conférence, des chevalets porte-noms indiquent les places. Il s'assied, recentre le bloc-notes et regarde sa montre : il est neuf heures.

Les collègues entrent les uns à la suite des autres, tous silencieux, les regards constamment tournés vers la porte de la direction. Cette dernière s'ouvre, tout le monde se lève. Entre Monsieur Harris, suivi par Parent Francis, le réviseur, et trois autres personnes. Monsieur Harris regarde chaque membre du personnel ; c'est un homme imposant, près de deux mètres de muscles, un bœuf irlandais de très mauvaise humeur. Une de ses entreprises dépose le bilan, victime de la crise dans le secteur de l'industrie et, par-dessus tout, de la concurrence étrangère, l'Asie.

– Messieurs, merci d'être là ce matin, je vous présente Maître Verbiest et ses deux collaborateurs. Monsieur Parent que vous connaissez déjà, notre réviseur. Tout ira vite. En tant que comité de direction et cadres, vous êtes les premiers à être informés officiellement. Je vous invite, en concertation avec le cabinet de Maître Verbiest et Monsieur Parent, à faire en sorte de leur faciliter la tâche. Pour ma part, j'ordonne pour que la priorité soit donnée aux dossiers du personnel. Pour le reste, je vous souhaite à chacun de vous, bonne continuation et bonne chance.

Tout le monde se lève tandis que Monsieur Harris quitte la salle de réunion. Lorsque Francis Parent croise le regard d'Axel, celui-ci lui sourit en hochant la tête de bas en haut. Des semaines à subir des humiliations, à devoir se justifier à travers les rapports, il pense : *Au royaume des guignols, je suis le roi. Dès que je sors de cette réunion de pingouins endimanchés, je file me balader. Fini les douleurs dans la nuque, fini les problèmes gastriques, fini les pitreries, Dan a raison, furieusement raison, ma vie est ailleurs, mais… où ?*

*

Le plus difficile en amour est de raccommoder la rupture. Je ne sais pas si je vais subir un nouvel échec ou si mon cœur n'est pas trop blessé pour réellement le vouloir. Mais Lucille est dans mes pensées, dans mes yeux à longueur de temps.

J'ai bien su oser, avec Sonia, ce truc fou. Alors qu'est-ce que je risque d'aller à sa rencontre ?

Devant mon Outlook, j'essaie de rédiger les phrases justes. Pas larmoyantes, pas suppliantes. Pas de regrets posés, pas de jugement et ni reproche. Je dois chercher des mots simples, forts et rassurants. Lucille n'est pas Sœur Térésa, c'est une âme indépendante, fragile et solide à la fois.

Je finis par lui écrire, je lui donne de mes nouvelles. Je termine par : « *qu'elle est dans mes pensées* ». La réponse à mon courriel est immédiate. Une réponse chaleureuse, un message tendre, bref, mais très tendre. Elle me donne le numéro où la joindre, je dois faire un appel en absence... elle rappelle.

Bien entendu au moment où elle sera accessible, disponible... Oui, je sais ! Elle est de partout dans sa profession. Rien ne change, c'est elle, c'est ma Lucille. Je resterai des heures à attendre, le téléphone à proximité.

Une heure du matin ? Le téléphone sonne, je décroche. C'est elle... Elle arrive au grand galop dans la conversation, elle est heureuse, épanouie, mais que je lui manque aussi. Là, je dévore les mots, je les savoure. Je lui raconte mes nouvelles amitiés, mes sorties, mes escapades. Elle rit lorsque je parle de mes amis... Elle rit de nos conneries. Rien n'est perdu, je viens de le sentir, nous sommes des vieux amants. Différents certes, mais des amants. Elle m'annonce qu'elle sera à Bruxelles dans une petite quinzaine de jours, qu'elle serait heureuse de me revoir... Je lui parle de mon Q.G.. Aux Vendangeurs, elle confirmera... mais elle est tentée.

Dans ce nouveau silence installé, je suis fou de bonheur. Je suis retombé en amour. Je traverse le salon en marchant en crabe. Je passe devant les orchidées et les embrasse, l'une après l'autre. Je prends l'arrosoir sur la planche de travail de la cuisine et j'arrose le presse-fruits. Je vais m'endormir en serrant le second oreiller dans les bras. Lucille, je t'aime.

*

Ce mardi, comme d'ordinaire, Bruno verrouille la porte de l'établissement tandis que Virginie débarrasse les dernières tables. Derrière le zinc, Christian rince les verres.

Au moment où Bruno rabat les lourdes tentures pourpres, on frappe à la porte. Deux jeunes flics précèdent Bruno et entrent. Bruno nous rassure, il nous présente son neveu Mathieu et Chérifa, sa collègue. Entre-temps, Blacky s'est mis à jouer avec Stan Getz sur « Here's that rainy day ». Il s'amuse à répondre au jeu de Stan.

Jade s'est rapprochée de Mathieu et s'applique à le séduire, ce qui interpelle Axel. Il nous demande si elle pratique aussi les classes maternelles... Dan prend la défense de Jade en lui rappelant qu'il est beau mec, qu'elle a bon goût... Aurions-nous, nous, une quelconque gêne à draguer une femme de trente ans ? Alors, si ça marche, c'est tant mieux... Mathieu en gardera un excellent souvenir. Axel hausse les épaules et rejoint le comptoir.

Nous sommes conquis par le jeu de Blacky. Bruno, très fier, nous dit qu'il est le seul à Bruxelles à avoir un cuistot aussi talentueux. Mathieu et Chérifa se sont placés au centre du groupe. Bruno demande des nouvelles du front. Les deux policiers sont confrontés au monde de la nuit, monde bien différent de celui du jour. Mais Mathieu aime cette vie, il raconte quelques anecdotes croustillantes. Il en vient aux problèmes d'intégration dans certains quartiers... au port du voile et à ses implications religieuses dans les écoles et dans les administrations... Chérifa l'écoute, bien attentive à ses propos. Mathieu dit aussi qu'il n'est pas contre le port du voile. Tant qu'il s'agit de croyance et de tradition, mais... derrière cette revendication se cache également une véritable volonté politique. Volonté de s'afficher dans ces différences. Il dit que des groupes fondamentalistes religieux ont pignon sur rue, qu'ils ne se cachent plus pour clamer haut et fort leur haine de l'Occident... qu'ils refusent nos valeurs. Ce qui ne les empêche pas de recevoir des subsides et de bénéficier des acquis sociaux de notre si mauvais Occident...

Mathieu finit pas nous dire qu'il est pour la burqa… Un silence s'installe, puis il nous dévisage en souriant… il est pour, mais uniquement pour les moches ! Chérifa ne semble pas apprécier sa plaisanterie et :

– Chérifa, ne fais pas ta Kabyle à haute tension, tu sais que je ne suis pas raciste, c'est de l'humour, une brève de comptoir !

Je n'arrive pas à être complètement dans l'ambiance, mes pensées sont à Lucille. Je sais notre contact bien fragile, il suffit d'un grain de sable pour que tout s'écroule. C'est un vrai amour, mais aussi un amour infernal, un amour d'égocentriques… Je quitte mes amis prétextant un coup de fatigue, ce qui n'est pas faux. Dans la voiture, je ne me sens pas bien, je devrais être bien. Je suis à la fois heureux d'avoir repris le contact et à la fois, je me traite de con. Autant d'années à se quitter, à se bouder, à s'ignorer. Un amour destructeur et aimant. Curieux mélange des styles.

Je pense comme Axel : *Dieu qu'elles sont chiantes…*

Dès l'arrivée à la maison, j'allume l'ordinateur. Elle a laissé dans ma boîte mail tout un reportage, photos d'événements, articles de presse et son planning. Elle sera en Belgique dès ce jeudi. Elle a réservé aux Vendangeurs. Diable de petite femme, elle fait tout. J'ai à peine évoqué notre bistrot qu'elle se l'approprie pour organiser son retour. Je fais le tour des photos et des articles, elle a une vie remplie, une de ces vies qui fonctionnent dans un ailleurs. Je suis admiratif et envieux malgré tout de ses exploits.

Ma Lucille s'est encore éloignée, la tâche ne sera pas facile de concilier à nouveau nos routes. À moins que nous trouvions un terrain d'entente, que nous acceptions les absences, pourquoi pas ?

Il y a des tas de couples qui se bouffent le nez de trop être ensemble. Nous ? Nos histoires seront toujours activées et rempliront nos soirées de retrouvailles.

*

Le jeudi, je suis installé avec Axel, Dan et Jo à une des tables du fond lorsque Bruno fait entrer et accueille quelques personnes qui nous sont inconnues. D'une voix forte, il nous demande de l'écouter :

– Je vous présente la société *Caravan Event Music, C.E.M.*, représentée par l'adorable Lucille, et auprès d'elle, se trouve Tomeo Sandoval. Il ne vous est pas inconnu, car, depuis quelques semaines, il passe constamment sur les ondes avec son titre : « *Viages* ».

Lucille regarde les gens alentour et son sourire croise le mien. Elle écarte poliment le groupe et me rejoint. Elle m'embrasse. Je ne sais pas trop quoi faire, ni quoi dire. Alors je présente mes amis, puis je l'écarte du groupe en l'entraînant par le bras. Je lui dis que je suis heureux qu'elle soit là, je lui demande comment elle va, comment elle trouve le resto, si elle dort à la maison, je lui indique que sa chambre est prête et que même, si elle le veut, je peux coucher sur le divan. Elle fait une moue moqueuse et me tire vers le comptoir.

– Palm'sss ? interroge Christian qui appuie sur les « s » en sifflant comme un serpent, même s'il se fiche bien de recevoir ou non une réponse à sa question.

Deux verres à bière supplémentaires frappent le zinc. Et pendant que Christian entrechoque le sien avec toutes les chopes proches de lui, Lucille et moi poursuivons notre conversation :

– Mais, dis-moi, comment se fait-il que tu débarques avec toute une équipe ici ? Je t'attendais seule… Bruno semble te connaître un peu…

Lucille m'écoute et me raconte qu'elle a eu Bruno en ligne pour lui dire les conditions de la soirée. Par simple demande de sa recherche d'un musicien capable de faire des cuivres en studio, Bruno lui a parlé de Blacky :

– C.E.M. vient donc ce soir à la rencontre de Blacky, Gil.

– C.E.M., c'est quoi ? Tu ne bosses plus avec Sauvage ?

– Si, je suis toujours chez *Caravan Event*. Sauvage m'a donné le feu vert et un budget, et c'est comme ça qu'est né *Caravan Event Music*. On dit C.E.M. pour éviter la confusion entre les deux sociétés. Pour Tomeo Sandoval, c'est une belle histoire. J'étais à Nice, il y a trois mois. *Caravan Event* y assurait un événement sur des jeunes stylistes belges. Je décidai de faire un break pendant que l'infrastructure technique se mettait en place. Lors d'une balade dans le vieux Nice, je m'assis sur les marches du Palais de Justice, situé sur une belle place dans la zone piétonne. Cinq jeunes gens arrivèrent : le premier tirant un transpalette, dessus un piano droit, deux autres l'aidant à pousser le lourd charroi ! Juste derrière les trois jeunes gens, deux filles fermaient la marche. Chacune d'elles portait une grande valise. La bande s'installa au milieu de la place, face aux terrasses des brasseries. Je me levai très vite pour aller m'asseoir à l'une de ces terrasses, bien en face d'eux. Une fois le piano en place, les deux filles déposèrent les deux bagages sur les fourches du transpalette. Elles les ouvrirent pour en sortir un volumineux poste de radio ; l'une des filles le confia à l'un des garçons qui le plaça aussitôt sur le plat du piano. De l'autre valise, la seconde sortit un coffret à violon, ouvrit l'étui et s'empara de l'archet. Elle l'enduisit avec de la colophane. Après avoir revêtu une veste de chef d'orchestre, celui qui tirait le transpalette disposa sur le haut de la caisse du piano, un vase en plastique garni de quelques fleurs synthétiques. Quelques badauds se rassemblèrent sur la place autour des artistes de rue. Le « chef d'orchestre » se mit à tapoter le coin du piano, il réclama le silence, et ensuite salua le public. Un des jeunes était en habit de garçon de café : il était au garde-à-vous à la droite du piano, et tenait un plateau. Sur le plateau, se trouvaient un verre à vin et une serviette blanche. Le troisième garçon, quant à lui, photographiait le public qui s'amusait de la mise en scène. Le jeune homme à la queue-de-pie martela une dernière fois le piano avec énergie, et s'ensuivit un vrai silence. Il s'installa au clavier, tandis qu'une des filles lui épongeait le front. Sa copine remplit le verre. Puis, une symphonie d'instruments à cordes diffusée par le lecteur alla crescendo. Le jeune pianiste commença à jouer. Je restai bouche bée, car c'était un virtuose. Après quelques minutes exceptionnelles, le concert s'acheva, le pianiste se leva et salua la foule. Enthousiasmée par cette prestation, cette dernière applaudit. Sans perdre de temps, un des garçons le remplaça au clavier, tandis que le jeune homme à la queue-de-pie s'empara du violon et de l'archet. À cet instant précis, je pensai : « Va-t-il en jouer ? » Il place l'instrument à cordes sur sa clavicule gauche, il dresse bien en l'air l'archet, il prend une pose – je songeai alors à Johnny Deep dans « Pirates des Caraïbes » puisqu'il en avait la dégaine. Tout comme l'acteur, il savait apprivoiser et séduire. Après avoir débuté le morceau de musique préenregistré, il entra dans la partition. Un chapelet de note tomba en pluie de diamants. Il était tout aussi doué avec cet instrument. Dès lors, je décidai de rester, tant je voulais les rencontrer. Après le spectacle, la foule séduite remplit généreusement le chapeau des artistes. Je m'approchai et les invitai à prendre un verre. Ils ne refusèrent pas. C'est là que j'appris que Tomeo et ses amis avaient fait leurs études ensemble à Bordeaux et à Lyon. En fait, ce sont des musiciens professionnels.

Une seconde, je fais une parenthèse : en ce qui concerne Tomeo, il est issu d'une famille d'artistes, et son père est parti d'Espagne pour la France vers la fin des années septante. Il a obtenu un contrat en tant que violoncelliste au sein d'un orchestre philharmonique, dont j'ai zappé le nom. C'est en France que son père a rencontré sa mère qui est anglaise et comédienne. En conclusion, Tomeo a baigné dans la musique dès son enfance comme Obélix qui, tout petit, est tombé dans la potion magique. Je referme la parenthèse.

Donc, « Le club des cinq », comme je les appelle, était en vacances à Nice chez l'une des jeunes filles. Le concert de rue était la manière de s'entraîner et de gagner un peu d'argent : la suite, c'est la création de C.E.M.

Tomeo nous rejoint pour écouter Blacky qui va jouer « *Hannibal* » de Miles Davis. Tout en s'installant avec son saxophone, Blacky en vérifie l'embout. Une fois prêt, il fait un signe à Christian qui lance la musique. Blacky se joue de la trompette de Miles Davis, ses nuances font la part belle au morceau. Nous sommes concentrés sur la prestation. Chez ces artistes, les notes ne sont pas une interprétation technique : les notes sont un langage.

Je ne la quitte pas des yeux. Je bois chacune de ses paroles, tandis que Tomeo m'invite à les rejoindre au studio. Je suis ravi, je n'ai jamais participé à une séance d'enregistrement. Lucille rentre ce soir avec le groupe à l'hôtel, je termine la soirée au comptoir.

*

Je vérifie toute la maison. Je passe de la chambre à la salle de bain. Sans oublier les toilettes. Je vais au salon, je secoue les coussins du divan et, centre les deux grands tabourets de la cuisine américaine. J'ouvre le four pour m'assurer que rien ne brûle. Le repas mijote. Tout semble parfait pour l'accueillir.

Fatigué, je m'assois un moment pour récupérer, tant j'ai pu courir depuis ce matin. La journée avait commencé fort : je m'étais levé sérieusement en retard. Épuisé, mais heureux d'avoir revu ma Lucille. Trop noué pour pouvoir déjeuner, je m'étais mis en route en oubliant un détail, et non des moindres : ce vendredi, tous les services des transports en commun étaient en grève ! Donc, ce vendredi matin, les rues de la ville étaient engorgées de voitures. Les klaxons et les injures animaient la pagaille. Arrivé au bureau vers les dix heures, l'accueil au sein de mon service fut du même acabit. En effet, mes deux collègues étaient en train de râler, étant donné que j'étais chargé de leur transmettre les dossiers. En conclusion, à midi, j'étais à plat ! Le degré de tonus au niveau de la mer. Et pourtant, le soir, j'allais devoir être au top pour accueillir chez moi, chez nous, Lucille.

Ma Lucille !

Soudain, j'entends le bruit d'une voiture devant la maison : ce doit être elle !

Je vais à la fenêtre, et j'aperçois un taxi. Je rabats le voile du rideau, puis me dirige vers la porte d'entrée. Avant qu'elle ne sonne, je lui ouvre, et, sans même franchir le seuil :

– Quel bordel en ville, pas moyen de circuler ! dit-elle en me marchant sur les pieds.

Elle m'embrasse tout en se plaçant au milieu du salon, comme pour percevoir si d'éventuels changements ont été effectués depuis notre séparation. Pas de photos de femme, pas de présence féminine. Le mur du fond du salon a changé de ton. Puisque du blanc, il est passé à la couleur ardoise. Sur le plan de travail de la cuisine, elle saisit la photo de nous quatre prise par le serveur à Wimereux :

– C'est une belle photo de vous… Quel magnifique plateau de fruits de mer ! Vous vous êtes bien marrés ?

Tout en continuant son observation, elle s'installe sur un des tabourets chromés. Je la vois sourire, elle a remarqué que je n'ai pas retiré nos photos sur le meuble bas de la bibliothèque. Je les ai même davantage mises en valeur . J'ai changé les cadres par deux nouveaux plus sobres en métal dépoli d'un bel effet. Un court silence s'installe entre nous. Les retrouvailles sont bizarres. Comme si on remettait bord à bord le passé et le présent avec prudence. De phrases banales en instants forts, tout est mûrement réfléchi. Surtout ne pas blesser l'autre, ne pas le culpabiliser, ne pas remuer les rancœurs.

Le souper terminé et quelques verres de vin bus, on se retrouve près du feu ouvert à regarder crépiter les flammes. Je m'assois près d'elle, j'ose la toucher.

Lucille ? C'est compliqué, je n'arrive pas à concevoir la vie sans toi.

– Incroyable, elle arrive à se placer là où j'essaie de l'emmener. Nos questionnements sont les mêmes, la ou les causes de notre séparation, ce ras-le-bol de vivre ensemble... enfin en ce qui la concerne.

– Gil, dès le départ, nous avons tout faux, nous avons voulu construire une vie semblable à celle de nos parents. Notre époque est différente, notre génération est différente, nous sommes différents et je trouve nos vies plus vivantes, plus marrantes.

J'avoue que sur ce plan, elle a raison. Tendrement, je lui pose un baiser et enfouis ma tête dans son cou, j'aime ce petit bout de femme énergique et pétillant.

Elle se retourne, et me fait basculer sur le sol pour s'allonger auprès de moi. Main dans la main, nous restons silencieux, les yeux rivés au plafond.

*

Je gare la voiture dans la voie sans issue proche de la RTBF, c'est une jolie ruelle arborée. Des toutes petites maisons mitoyennes avec des jardinets devant. Personne ne pourrait deviner qu'il y a un studio d'enregistrement dans l'une de ces maisons. Je sors de ma poche un papier et lis les informations que m'a laissées Lucille. Arrivé au bon numéro de maison, je pousse la grille en fer forgé et suis le petit sentier pavé. Pas de sonnette, juste un clavier à code. Je suis à nouveau les instructions et j'encode les chiffres suivis de la lettre : 851213 A. »

La porte déclenche et automatiquement la lumière éclaire un petit hall. Une descente d'escalier baigne dans une demi-obscurité. Les marches sont éclairées par des leds bleues. La porte face à moi est surmontée d'un éclairage bien vert : je peux donc entrer.

Lucille m'accueille. Un homme est assis derrière une grande table de mixage. Il porte un casque sur les oreilles, et me fait un signe de la main pour me saluer.

– C'est Johan, l'ingénieur du son. Il ne t'entend pas. Devant lui, cette grande salle, c'est l'aquarium. La musique qui passe est une des séquences de l'album. Le mois dernier, Tomeo a dirigé un chœur de gospel. Les chants vont faire la liaison vers le passage de jazz, là où interviennent Toots et Blacky.

Je l'écoute et, à son invitation, dépose ma veste sur une chaise tout en observant les trois musiciens. Devant la table, plusieurs pages sont collées les unes à la suite des autres. Des notes posées et des repères : des dates, c'est comme une ligne du temps. Dans une petite pièce qui jouxte la grande salle, un jeune batteur attend patiemment, casque sur les oreilles. Je ne verrai pas jouer la jeune bassiste, elle est déjà partie. Tomeo intervient et demande à Johan :

– Pour le chant des esclaves, dans le dernier couplet, tu entres avec la basse, et tu utilises des plug-ins et les harmoniseurs pour recréer une à deux voix, tierce et quinte ? Grâce à ça, la chorale fera corps avec le blues.

– Des plug-ins, c'est quoi, Lucille ? dis-je.

– C'est la position des voix : tu leur donnes de la hauteur, une position dans l'espace son qui donne un volume plus rempli.

Je n'ai pas tout saisi, mais je fais tout comme. Les sons manipulés par l'ingénieur prennent au fur et à mesure de la valeur. Par le biais du micro, Johan donne le feu vert pour la partie jazz. Tomeo sort de la pièce et nous rejoint derrière la grande table. Un lourd panneau phonique sépare Toots et Blacky. Tomeo se penche sur le micro :

– Bon ! Pour le blues, une fois les quatre premières mesures de basse passées, vous entrez. Vous jouez les trois mesures suivantes en écho au chanteur… après le bref passage ragtime, vous intervenez dès que la contrebasse se mute en basse.

Sur dix bonnes minutes, les notes sont immortalisées. Des notes géantes jouées par des géants.

Les petites enceintes de la table laissent échapper un son métallique qui semble fort nu. On distingue un piano et une voix à l'arrière-plan. Tomeo et les musiciens décident de faire une seconde prise, une fois le doublon effectué, les trois musiciens nous rejoignent dans la cabine de « mix ». Je salue Monsieur Toots et Blacky. Resté à part, Tomeo boit un curieux breuvage verdâtre.

Dernière ligne droite de la journée. Tomeo entre dans la pièce, il se positionne derrière le micro et règle la hauteur du pied. Balance et échauffement de la voix. Après quelques essais concluants, l'enregistrement a lieu. L'ingénieur a rajouté les colonnes de baffles de la pièce. Tomeo chante d'une belle voix de crooner en parfaite harmonie avec les deux instruments solistes. Le piano pour la partie vocale est revenu à l'avant-plan. Les sons sont maintenant plus doux, plus feutrés.

Tout en bâillant bruyamment, Johan abdique et nous confirme son envie de stopper là.

Fatigués, nous quittons tous le studio. Tandis que les quatre musiciens montent à bord du Chrysler Voyager, j'accompagne Lucille. J'emporte son sac, elle glisse sa main dans la mienne. Le véhicule noir a fait demi-tour, et klaxonne à notre niveau avant de disparaître dans la nuit.

*

De cette dernière semaine, je me souviens de tout. Soir après soir, Lucille et moi restons à la maison près du feu, afin de nous reposer. Elle semble heureuse d'être là. Moi, je suis aux anges. Je classe ses paperasses du mieux que je le peux. Nous rions souvent aux éclats en considérant son bordel et son suivi administratif. Elle est ravie que je lui consacre du temps. Quant à moi, tous les midis, je m'oblige à dormir un peu dans la salle des archives. Grâce à ces pauses, j'arrive à tenir la route.

Hier soir, Johan nous a remis les copies des enregistrements. Ce matin, Tomeo est reparti avec l'une d'elles sur Bordeaux pour voir ses parents et prendre quelques jours de repos.

Bien que Blacky ait repris sa place de cuistot aux Vendangeurs, j'imagine à quel point il doit être impatient de partir en tournée.

Toots s'est envolé vers les États-Unis, heureux d'avoir partagé ces moments avec nous à Bruxelles.

Ce départ fut un moment chargé d'émotion. Cet homme est charmant, doté d'un humour bien de chez nous, ainsi que d'une endurance incroyable, et ce d'autant plus qu'il joue de son harmonica partout dans le monde. Tomeo a raison quand il dit que Toots est le seul capable de donner ces émotions avec cette saveur propre au musicien. Personne à sa connaissance ne sonne avec cette finesse.

Demain, Lucille part pour Paris. Moi je prendrai la route pour rejoindre Axel et Jo, à Audreselles. Week-end de préparation théorique pour la formation professionnelle de chauffeur de car de Jo. Dan, commerce oblige, ne sera pas du voyage... Moi je n'ai pas osé changer les plans. Je décevrais mes amis et j'enquiquinerais surtout mon électron libre.

Demain arrive, c'est aujourd'hui, je me suis levé tôt pour préparer le petit déjeuner. À pas feutrés, j'ai fermé derrière moi la porte de la chambre, ainsi que celle de la cuisine. Surtout, ne pas faire de bruit. Le train de Lucille part dans trois heures. Nous avons largement le temps. J'ai mis sur le plateau en osier les confitures, le fromage en tranches et j'ai pressé le citron et les oranges. Une fois tout installé, je suis revenu dans la chambre, et je l'ai regardée dormir ; penché sur elle, j'ai couvert son visage de baisers légers comme des flocons de neige.

Enfin, elle me sourit tout en s'étirant :

— Mon amour, quelle bonne odeur, le pain grillé du toaster !

Je dégage doucement la couette pour laisser apparaître son corps, et je ne puis m'empêcher de contempler ses seins. Lucille a des rondeurs, j'adore ces rondeurs, elle est superbe. J'embrasse son cou, son épaule et sa poitrine, puis je me mets à dessiner chaque forme de son ventre. Elle se laisse emporter avec délice sous mes caresses.

— Quelle heure est-il ?

— Il est à peine sept heures trente.

Prise d'un doute, elle plonge la main dans son sac posé à côté du lit. Elle s'empare de son filofax et l'ouvre à la page de ce samedi. Le départ de la gare du Midi est à dix heures trente-sept ; l'arrivée, elle, est prévue à onze heures cinquante-neuf à Paris Nord.

Elle balance son agenda et m'attire brusquement sur le lit.

— J'ai le temps de te faire deux fois l'amour ! me lance-t-elle tout en m'embrassant.

Je l'immobilise en me glissant entre ses jambes :

— Après tout, tu as droit au bonheur, mais simule vite, j'ai faim.

Elle laisse échapper un « petit con ! », elle tente alors de me mordre la lèvre inférieure, cependant je parviens à m'écarter promptement pour éviter la morsure.

— Non, ne bâclons pas les choses. Je ne bois jamais le vin à la bouteille, tant je préfère le savourer. Je me contenterai juste d'…

D'un coup sec, elle me pousse en bas du lit, je me relève et reviens à côté d'elle :

— Vous les mecs, vous ne pensez qu'à Sœur Turlute ! Tu m'as coupé la chique, mais… ouvert l'appétit.

À peine ces mots dits, elle se jette en bas du lit.

Dans la voiture en direction de la gare, je lui tends une enveloppe, je lui demande de ne l'ouvrir que dans le train.

Elle la range dans son sac et insiste pour que je la dépose près des taxis de la gare, elle n'aime pas les adieux.

Une fois arrivés devant la gare, elle se serre dans mes bras.

– Fais bonne route, sois prudent, embrasse Axel et Jo de ma part. Je t'aime, Gil. J'ai hâte de rentrer, à mercredi soir.

Elle me tourne le dos et disparaît dans la foule. Je la suis du regard.

La voiture démarre au son de la musique de James Brown.

Whoa ! I feel nice, like sugar and spice.
I feel nice, like sugar and spice.
So nice, so nice, I got you.

Tandis que le train quitte la gare, Lucille ouvre son sac et en sort la lettre.

« *Mon amour,*

Quand tu liras ces mots, je serai sur la route. Merci pour ces derniers jours, ils ont été magiques. J'ai des images plein les yeux. Lucille, la situation est claire pour moi. Je peux t'assurer qu'en ce moment, après ces passages difficiles, je t'aime encore plus qu'avant. Que de frissons offerts dans nos corps à corps ! Jamais je n'aurais cru que l'amour pouvait avoir autant de goût. Ces derniers mois, j'ai bien tenté de t'oublier, mais sans jamais y parvenir ! C'est la raison pour laquelle, en quelques mots, je te le dis : je t'aime... Je ne sais vivre sans toi.

Gil. »

Lucille pose la lettre sur la tablette et regarde un court instant par la fenêtre le paysage qui défile. Elle se lève, attrape sa veste et se dirige vers la « voiture bar ».

*

SIMPLEMENT LE HASARD

Simplement le hasard

Dan descend rapidement le petit escalier le menant au magasin ; il ouvre la porte et lève le volet métallique du « Cénacle ». Il fait très bon, et le ciel est splendide. À cet instant, Simon et Karla passent devant et s'arrêtent :

– Bonjour Dan, t'es à la bourre ? Pas sûr que tu aies bien dormi !

– Bonjour Simon ! Pas trop bien, non : je me sens un peu cassé. Un mauvais rêve, sans doute !

Dan se penche vers Karla pour la caresser :

– Comment va la « Miss », ce matin ? Mieux que moi, j'espère ?

– Je vais prendre le petit-déjeuner au Saint-Nicolas, mais je suppose que tu n'as pas le temps de m'accompagner ? lui demande Simon.

– Malheureusement non ! Comme je suis juste dans les temps, je vais simplement me faire un thé.

– À propos, Dan, j'ai trouvé un film chez un de nos bouquinistes de la rue du Lombard. Un Claude Sautet dans la collection « Romy Schneider » : « *Les choses de la vie* ». Quarante ans il a ce film, tu te rends compte ! Le temps file, quarante ans ! Du grand Piccoli et une belle brochette d'acteurs :

Romy Schneider, Léa Massari, Jean Bouise, Boby Lapointe... Alors, ce soir, je m'invite chez toi ! Champagne - coussin - cinéma - plats préparés : qu'est-ce que t'en dis ?

– Bonne suggestion, Simon ! Il y a longtemps que je n'ai pas vu ce film. N'est-ce pas dans ce film qu'il y a l'embardée de l'Alfa Roméo ??

Simon est déjà plus loin et n'entend pas la question, Dan entre dans la boutique et dans son petit quotidien mystique.

*

Rapidement, la grosse artillerie arrive sur les lieux de l'accident. La gendarmerie, une dépanneuse, les sapeurs-pompiers, un véhicule de désincarcération, un véhicule de service mobile d'urgence et de réanimation et une ambulance de Boulogne-sur-Mer. La brigade motorisée du Chemin-Vert à Boulogne balise le périmètre. Encore en état de choc, la jeune femme fait sa déposition :

– Il s'en est fallu de peu que ce soit moi, car je suivais « le Belge » de près. J'ai fait au plus vite pour vous appeler, même si je pensais qu'il était mort. Mais... je n'osais pas aller voir, j'avais trop peur. Un extincteur à la main, le camionneur m'a rejoint, et ensemble nous nous sommes approchés. Il nous a parlé un moment avant de sombrer, afin de nous faire comprendre qu'il avait froid, mais, comme il était coincé sous la tôle, nous n'avons rien pu faire pour l'aider.

Elle regarde le monde s'affairer autour de la carcasse, et montre du doigt la voiture :

– Sans raison apparente, elle a quitté la route juste devant moi, et a roulé un bref moment sur le bas-côté : c'était incroyable ! Elle s'est vite retournée, est revenue sur la route puis, tandis qu'elle glissait lentement sur le sol, des étincelles ont commencé à jaillir de toutes parts.

Tout en prenant note de la déposition, le gendarme essaie de comprendre la raison de l'accident.

Le périmètre est tout à fait sécurisé. Comme la carcasse est à présent stabilisée et neutralisée, il n'y a plus aucun risque. Par contre, l'état du véhicule ne permet toujours pas d'accéder au blessé, tant les tôles sont tordues et écrasées.

Le commandant des pompiers s'adresse à l'urgentiste :

– J'ai donné l'ordre de « dépavillonner » le véhicule et d'utiliser le vérin hydraulique pour écarter le tableau de bord. La désincarcération va prendre du temps. Certainement plus d'une heure.

Le médecin lui coupe la parole :

– C'est un polytraumatisé ! Le bilan est alarmant, alors ne perdez pas une seule seconde ! Là, je dois pouvoir le mettre sous oxygène et le perfuser. Je vais lui administrer des petites doses de morphine pour qu'il souffre le moins possible pendant votre mise en œuvre.

Deux ambulanciers se tiennent tout à côté des pompiers avec le brancard. Rachel, l'infirmière anesthésiste, et une étudiante vérifient le matériel de ventilation artificielle et le défibrillateur automatique.

– C'est ta toute première sortie, Fanny ? dit l'infirmière à la jeune femme.

– Oui…

L'infirmière détourne la tête et se replonge dans son travail.

*

Le jour s'est levé sur Audreselle. Jo, encore endormi, les cheveux en bataille ressemble à un gros hérisson. Le percolateur gargouille à la cuisine. Axel est face à la baie vitrée. Il regarde la brume qui, au loin, se lève doucement sur la mer, tout en calculant que Gil arrivera un peu avant treize heures.

Dans le poste, des politiciens débattent à propos des réfugiés. Ces derniers mois, ceux-ci affluent d'Afrique du Nord sur l'Europe. En son for intérieur, il ne peut s'empêcher de penser : *Comment pouvons-nous accepter toute la misère du monde ? Nous n'allons jamais y arriver. L'Europe est devenue une arche de Noé ! Mais à force de trop la charger, elle va finir par couler ! Et puis merde, j'ai décidé de ne plus m'en faire ! Il y a bon nombre de familles sur cette Terre qui ne veulent qu'une seule chose : se construire un avenir. Apporter à leurs enfants le rêve de l'Occident. Loin des dictateurs, des guerres tribales et des exclusions sociales. Parlons-en du rêve de l'Occident. Un monde dur où tout semble se cadenasser, où toutes les libertés acquises cèdent la place à de nouvelles restrictions. Les nouvelles technologies performantes ont placé « Big Brother » à tous les niveaux afin de mieux protég... mieux contrôler les citoyens. Les dirigeants qui tiennent les ficelles ont atteint des sommets dans les délires les plus divers : les guerres sont organisées, rentabilisées, planifiées. Canalisés, les abrutissements des populations les plus démunies par des mouvements religieux radicaux. Des mouvements extrémistes avides de pouvoirs. Une véritable machine de destruction massive mise en place par les financiers. Merde !* Se dit-il. *Je vais encore avoir mal au bide.*

*

Le blessé est maintenant accessible. Le médecin et l'infirmière anesthésiste lui administrent les premiers soins. Le médecin recommande alors :

– Attention de lui laisser la tête bien droite ! Il a subi non seulement une compression thoraco-abdominale, mais également un écrasement des jambes sous le tableau de bord. La planche de relevage sera introduite par l'arrière, puis glissée entre le dos de la victime et le dossier du siège. Tout ça, quand je vous le dirai ! Qu'un pompier et un des ambulanciers se tiennent prêts !

Il désigne l'étudiante du doigt :

– Vous, Mademoiselle ! Votre prénom ?

– Fanny, Docteur, Fanny Lemoine.

– Fanny, en premier : tenez-vous prête avec le collier cervical ! Par la suite, dès que je vous donnerai le signal, vous immobiliserez le cou. Deuxio : vous vous chargez de la couverture de survie !

Il se tourne vers Rachel, l'infirmière.

– Rachel, on garde près de nous le défibrillateur. On augmente, mais tout léger, la dose de la morphine.

L'infirmière augmente le débit à la perfusion.

– Maintenant, sommes-nous tous prêts ?

Il regarde un à un les visages attentifs. Le médecin ordonne à chacun :

– À vous, Messieurs, on y va doucement. Fanny, placez le collier... Magnifique ! La couverture, à présent... Puis, emmenez-le sur le matelas à dépression.

Il se penche sur le blessé et s'adresse à voix basse à l'infirmière. Personne n'entend la conversation. Il vérifie ensuite la fréquence cardiaque et le système respiratoire. Il relève la tête :

– Nom de Dieu ! Il nous fait une asystolie ! C'est trop long ! Il va nous lâcher !

Il vérifie les électrodes du DEA, la défibrillation automatique.

Le pompier pratique la réanimation cardio-pulmonaire, tandis que les urgentistes suivent avec attention le tracé électrocardiographique.

Moi qui suis l'auteur de ses lignes, je n'ai de cesse de penser qu'en ce moment Gil meurt.

Ce passage est comme une gifle, je ne peux plus faire marche arrière, la plume a posé les mots sur les pages. Mais laissez-moi vous confier que Gil, inconscient reste dans ses pensées avec ces mots :

« Je crois que je quitte ce monde, mon cœur lutte mais il perd. C'est con, je commençais à vivre pleinement ma vie. Conscient de la valeur chiffrée du temps, je courrais vers tous les horizons pour défier la mort. Mais elle est là, elle se fout de moi sur cette belle route ensoleillée, j'ai beau lui dire : N'as-tu rien d'autre à faire qu'à rester là, à me regarder. Pourquoi moi ? Au moment où ma vie est la plus belle. Tu ne me feras pas croire qu'il ne me reste pas au bas mots, vingt-cinq printemps. N'as-tu pas le moindre scrupule à me faire tomber. Rends-moi mes battements, promis, je te dirai le moment où il me faudra partir... Mais pas mainte... »

Mais, rien n'y fait : c'est terminé !

Le médecin fait alors un signe à Rachel qui emmène aussitôt Fanny à l'écart. Fanny se retourne une dernière fois vers le corps, puis elle regarde l'infirmière sans mot dire.

*

LE TEMPS DES REGRETS

Le temps des regrets

Les deux hommes empruntent l'escalier qui mène au sous-sol. Ils traversent un long couloir étroit.

Une belle cave à vin s'offre à eux. Tous les murs sont couverts de casiers, des centaines de bouteilles alignées et superposées. Au centre de la pièce trônent une table haute et trois tabourets.

Posés dessus, des tastevins et des verres à vin.

– Voici mon domaine, Axel.

– Rouge, rosé, blanc, dites-moi ?

– Pas d'importance. Choisissez, Lucien !

Bien ! Allons-y pour un Hubert Brochard, c'est un vin tout en rondeur. Une belle couleur rubis avec des arômes de fruits rouges. Vous m'en direz des nouvelles.

La voix subitement se trouble, le visage s'assombrit.

– Il ne faut pas nous en vouloir, Axel, de ne pas mieux vous recevoir, nous sommes rongés par le chagrin. Pour Jackie et moi, perdre Gil n'est pas dans l'ordre des choses, c'est insurmontable.

Il baisse la tête :

– Gil devait passer ce samedi, j'avais allumé le feu dans la cheminée. Dans l'attente, Jackie et moi étions installés au salon, bien attentifs à son arrivée. Le temps s'écoulait, il tardait. Si bien qu'à un moment, énervée, sa mère s'est emparée du téléphone. Il était en route vers chez vous (Lucien émet un long soupir), il nous avait oubliés. Se confondant en excuses, il racontait ses derniers jours, riches en événements. Qu'il s'était rabiboché avec Lucille. Le résultat ! Une prise de bec immédiate avec Jackie ! Une idiote prise de bec. Elle allait bon train en lot de remarques. Il ne savait pas rétorquer au débit de paroles ininterrompu. Il a fini par couper le téléphone ! Ou bien ? (Lucien soupire une nouvelle fois) Ou bien, est-ce à ce moment précis que l'accident est arrivé ? Jacqueline, depuis cette éventualité, culpabilise. La vie est sans pitié, Axel, elle ne nous permet pas de revenir en arrière. On devrait avoir droit à l'erreur. Pour l'accident, nous avons reçu des explications vagues. On a parlé d'un pneu éclaté, on a dit aussi qu'il a pu s'endormir... ou ce foutu téléphone... À propos, avez-vous des nouvelles de Lucille ?

– Non, rien, Lucien. Le jour du départ, Gil lui avait proposé de l'accompagner à Paris. Elle avait refusé, car il venait me rejoindre, je devais l'attendre.

Lucien pose son bras autour de l'épaule d'Axel et lui dit :

– Venez, remontons, prenez deux verres sur la table. Allons dans mon bureau, il y fait plus chaud et nous y serons plus à l'aise.

Le vieil homme referme derrière eux la porte du cellier et guide Axel vers l'escalier.

Le bureau en question ressemble à un petit salon. Il est chargé de souvenirs, partout des photos et des bibelots.

Sur le mur du fond, un grand tableau représente une scène de village africain. Le ciel est d'un bleu limpide. Une jeune femme marche vers une hutte, une cruche d'eau posée sur la tête tandis qu'un vieillard, torse nu, est accroupi et tient une chèvre par le collier. À l'écart, deux enfants jouent à même le sol. Les personnages semblent figés, la chaleur doit être accablante. La peinture n'est pas signée.

De part et d'autre de la toile, des masques de cérémonie sont suspendus. Sur le mur de gauche, un cadre vitré protège une vieille affiche publicitaire. Elle représente un avion, un Douglas survolant un désert où marchent un Bédouin et son chameau.

En grand, écrit en lettres majuscules : « *BELGIQUE-CONGO PAR AVION* ».

Lucien observe Axel, il lui dit :

– 1955 ! Pour moi, c'était hier. Pour vous, Axel, arrêtez-moi si je me trompe, c'est une pièce de musée, n'est-ce pas ?

Axel sourit :

– Vrai, Lucien. C'est l'effet que ça me donne, vous savez, j'ai pris l'avion pour la première fois en 1977. Un premier vol vers Rome et c'était à bord d'un Boeing.

Lucien lui répond :

– À cette époque, je volais déjà depuis près de trente ans ! Allons, tendez-moi les verres et asseyons-nous. Ah, l'aviation ! Vous savez, enfant de la guerre, je ne pouvais être autre chose que pilote. Le ciel m'avait paru être le seul endroit libre. À l'âge de vingt ans, en 1950, je suis entré à l'École de pilotage de l'aviation militaire à Wevelgem. J'ai obtenu le brevet de pilote à la grande joie de mon père. Pensez, avoir un fils pilote ! Je suis resté au sein de la Force Aérienne jusqu'en 1955. Par la suite, la Sabena. J'ai gravi toutes les étapes de pilote civil dans la compagnie. J'ai terminé sur Boeing avec le grade de commandant de bord. J'ai connu la Sabena en pleine gloire.

Axel continue d'observer les objets et les photos, puis il dit à Lucien :

– Ces années-là m'ont toujours fasciné, Lucien !

Lucien s'étonne.

– « Fasciné » ? Ces années sont-elles fascinantes ? Oui et non, Axel. Nous avons eu nos périodes dramatiques et nos périodes de bonheur. Pour moi, personnellement, quelques faits durs marquent tristement mon parcours. Le premier est la Seconde Guerre mondiale. L'année quarante-quatre, surtout, reste dans ma mémoire. J'ai douze ans à la libération de Bruxelles. Nous sommes au mois de septembre, les Allemands ont quitté la capitale. La ville règle ses comptes avec les collabos et savoure cette nouvelle liberté qui sera de courte durée. Au mois d'octobre, les Allemands envoient les V1 sur la Belgique. Un vendredi, vers les quatorze heures, j'accélère le pas pour rejoindre l'école. Comme tous les midis, j'ai pris le repas à la maison. J'y ai traîné et je suis en retard ! Soudain, des sirènes retentissent, elles annoncent une attaque aérienne. Trop tard pour rejoindre les vastes caves du collège Saint-Michel. Trop loin aussi pour faire demi-tour vers la maison. Comme tous les passants, j'entends le bruit du moteur d'un de ces engins diaboliques, un bruit inoubliable. Comment vous le décrire ? C'est comme le bruit d'un moteur de moto mal réglé. Il semble être juste au-dessus de nous. Soudain, le silence. Ensuite, il recommence, il saccade. C'est aussi le signe que le réservoir de carburant est vide. Son arrêt est imminent. La bombe est là ! Au-dessus de nous. Nous tendons l'oreille, on discerne comme un sifflement, les yeux sont dirigés vers n'importe où, à la recherche d'un abri de fortune. S'ensuit une énorme explosion qui fait sauter les vitres des maisons et nous fait nous coucher à terre. Curieux, j'essaie de voir, mais une épaisse poussière ferme l'horizon, une poussière chargée d'une forte odeur de briques pilées, elle irrite la gorge. J'emprisonne ma tête dessous mon blazer. Quelques longues secondes se passent. Nous pouvons nous relever.

Autour de moi, pas de mort, seulement quelques blessés légers. Moi, je tremble, mes oreilles sont complètement bouchées par la déflagration. Je n'ai rien, juste quelques égratignures sur les genoux. J'ai du mal à entendre ce que disent les passants, je comprends que la bombe est tombée à l'angle de l'avenue de Tervuren et de la rue André Fauchille. Je pousse alors un hurlement ! « C'est chez moi ! C'est chez moi ! » Je cours vers la maison, bousculant les gens, trébuchant sur les gravats. J'appelle après ma mère ! Je devine le pire. Jamais mes larmes d'enfant n'ont été aussi abondantes. C'est ce vendredi-là que je l'ai perdue. Quatre années à vivre entre la violence et la peur. La mort apprivoisée nous avait frôlés en emportant d'autres que nous, dans d'autres quartiers. Mais là, elle me prenait en plein cœur pour la première fois. On meurt plusieurs fois dans une vie, Axel. On meurt plusieurs fois.

Lucien se lève et saisit un coffre en métal et l'ouvre. Il le tourne face à Axel et le pose sur une chaise qu'il rapproche près des deux fauteuils. Il farfouille le contenu et sort quelques vieilles photos qu'il tend à Axel. Puis il replonge la main dans la boîte et en sort une petite bague.

– Là, c'est son alliance.

Il la glisse à son auriculaire, la bague reste bloquée à la première phalange. Lucien la contemple, l'embrasse du bout des lèvres, ses yeux sont remplis du rappel de la tristesse.

– Maman devait avoir de très petites mains. En fait, je n'ai plus trop de souvenirs de cette période…

Axel intimidé par l'émotion tend en silence une photo :

– Là ? C'est la photo de mariage de mes parents. Je suis sur la photo, eux seuls le savent. Ah ! L'amour joue des tours. C'est une photo reçue de mes grands-parents. L'autre photo a été prise à Bruxelles, après la guerre. On y est fiers tous les trois. À gauche, mon père, l'autre homme est notre voisin Léopold Kajchmann et moi. Nous avions, après la guerre, emménagé au coin de la rue du Marché au charbon et de la rue de la Chaufferette en plein centre de Bruxelles. Certains rescapés des camps de concentration revenaient en ville. Léopold était l'un des leurs, il habitait maintenant la maison. Du même âge que mon père, il faisait bien plus vieux ; le camp de concentration l'avait anéanti. Nous l'avions aidé à s'installer, nous étions devenus ses seuls amis. Nous partagions régulièrement les repas avec lui. C'était un homme silencieux. Au début, je le craignais, il me faisait peur. Pour me rassurer, mon père m'avait dit que ses yeux avaient vu l'inimaginable, l'impensable.

Lucien s'empare d'une vieille enveloppe et en extrait une lettre.

– Il avait tenu à raconter à mon père, dans cette lettre, ses conditions de détention pendant la guerre. Cette lettre par la suite a servi à différentes reprises, lors de procès, lors d'articles dans la presse. Elle renferme la bêtise humaine, la violence, la haine, le racisme, ce qu'il nous faut éviter à tout prix et qui continue sans cesse à faire le tour du monde. Je vais vous la lire. Vous retiendrez son histoire. Arrêté au mois de septembre 1943, comme beaucoup de gens, il est transféré à Brendonk. Près d'Antwerpen. Là, il est torturé des heures durant. Il a bien failli en crever, car, ce jour-là, les bourreaux s'étaient offert une longue récréation. Après quelques jours de détention, il est emmené avec d'autres prisonniers à la caserne Dossin à Malines. Il y séjournera quelques mois. Ensuite, en date du 15 janvier 1943, il fait partie du convoi 23 en direction du camp de concentration d'Auschwitz-Birkenau. Voici le témoignage d'un homme d'exception :

« Pour échapper à la mort, je m'étais inventé une technique comparable à la résilience. Il me fallait vivre sans émotion, sans me poser de questions, sans me souvenir. Le voyage en train, dans des wagons à bestiaux, fut atroce ; dans l'obscurité, serrés les uns contre les autres, nous avions du mal à respirer. Aucune hygiène possible, nous faisions nos besoins debout, honteux, mais incapables de procéder autrement. Pendant le voyage, un homme était mort. Il est resté debout, soutenu par deux enfants qui ne pouvaient s'en écarter. Dès l'arrivée en gare, nous fûmes séparés, les femmes d'un côté, les enfants et les vieillards d'un autre ; nous les hommes, nous étions triés. Roués de coups de bâton – les coups pleuvaient littéralement sur nous – nous trébuchions, nous tombions, certains étaient piétinés par le groupe. Vite, j'ai été séparé et dirigé vers un dernier rang d'hommes. À vue de nez, j'étais avec les plus robustes. Nous ne

le savions pas encore, mais nous échappions à la mort, nous étions sélectionnés pour travailler. Une fois le rang formé, au pas, nous sommes rentrés dans une salle ; on nous a fait nous débarrasser de nos vêtements civils. Nus, on nous a rasé la tête. Ensuite, on nous a fait prendre une douche. Un prisonnier fut chargé de nous tatouer une série de chiffres maladroitement gravés dans la chair. Oublié Kajchmann Léopold. Je n'entendrai plus que mon matricule. Entre-temps, les gardes et les officiers SS continuaient de hurler et de frapper, ils étaient effrayants ; une meute d'assassins où l'être humain n'a plus de valeur. Des hommes avides de sang et de plaisir à tuer.

Dès notre premier jour de travail forcé, et ce, tous les jours, sept jours sur sept, à bout de force, en fin de journée, nous réintégrons le camp sous les yeux des gardes vigilants. Quelquefois, le sous-officier SS ordonne l'arrêt du rang. Il s'approche, il repère les fragiles, les plus épuisés. Il les fait sortir du rang et leur ordonne de se coucher à terre. Calmement, il saisit son pistolet Luger et choisit au hasard trois des hommes couchés à terre et les abat sous nos yeux d'une balle dans la tête. Un divertissement qui amuse les soldats ! S'ensuit un ordre hurlé, les autres hommes épargnés se relèvent, nous emportons les cadavres.

De toute manière, le lendemain, il y aura un nouveau convoi ferroviaire et des remplaçants. Pour nous, chaque retour était peut-être le dernier. Le sous-officier sadique avait un plaisir à se tenir bien droit, les mains derrière son dos et très souriant. Il nous saluait à notre passage d'un mouvement de la tête. Nous craignions d'entendre sa voix, une vraie torture psychologique. Je me couchais en me répétant cette phrase : "Surtout ne pas penser, ne pas penser". Ce que mes yeux voyaient à tous les instants était la mort. Je devais apprendre à voir, sans voir. Sinon jamais, je n'allais survivre.

Léopold Kajchmann. »

Cet homme, Axel, a tout fait, a tout vu.

Il m'a tenu un jour cette conversation : « Lucien, regardez les yeux des gens. Prenez le temps, c'est dans les yeux que se trouve l'âme. Moi, j'ai appris à observer les yeux. À travers ceux de votre père, je vois la solitude, le chagrin et la bonté. À travers les vôtres, je vois la jeunesse et cette envie de dévorer la vie. Quant à mes yeux, ils sont lourds de haine, de peine et de tristesse, mais plus jamais ils n'auront peur. Retenez ce que je vous dis, vous pouvez, vous aussi, voir cette cruauté, cette haine et cette violence dans les yeux de l'autre. Exercez-vous, ça pourra vous sauver ! Les époques passent, mais les assassins sont toujours là, rien ne change dans l'homme, il y aura toujours des dictateurs, des fanatiques et des génocides, croyez-moi ! Rien ne change jamais. »

Lucien plie et range la lettre avec précaution dans la boîte.

– Axel, redonnez-moi votre verre.

Lucien remplit à nouveau les deux verres à vin.

– Fascinantes ! Êtes-vous toujours de cet avis ?

Un bruit distrait Lucien, c'est son chat qui entre. Il se baisse pour l'attraper et le pose sur ses genoux, le matou ronronne. Le vieil homme blottit l'animal tout contre lui et le caresse.

– En voilà un qui a la vie facile ! Regardez-moi ça.

Il émet un long soupir et enchaîne :

– Je bois trop en ce moment, mais cet alcool m'est utile, il me fait tenir. Sagan aimait dire que c'était une béquille admirable si apte à soulager ce qui boîte dans l'esprit humain… Montrez-moi la photo que vous avez dans la main ? Vous tenez la plus belle, Jacqueline et Gil en Afrique. Stanleyville, en 1964 au Congo. Moi, cette année-là, j'étais cloué à terre au mois d'août, malade comme un chien et… pas de chance, c'est la guerre au Congo ! Plus aucun vol, l'aéroport de Stanleyville est déserté. Je vous épargne les détails des événements des guerres tribales. Pauvre peuple ! Passons directement à novembre 1964 !

Quelques semaines avant, vingt-cinq rebelles Simbas avaient réussi à prendre toute la ville. Vous m'avez bien entendu, vingt-cinq hommes ! L'armée légale apeurée avait fui « Stan » en tirant des coups de feu en l'air, convaincue des pouvoirs surnaturels et de l'immortalité des Simbas. Par après, des centaines, peut-être plus de mille de ces rebelles restés en dehors les avaient rejoints. Une puissante milice, armée jusqu'aux dents de fusils, de mitraillettes, d'arcs et de flèches, de lances et de machettes. Armée redoutable mais pittoresque, car les soldats étaient dans des tenues dépareillées. Les uns avaient les ceinturons ; les autres, les guêtres. D'autres encore, en pagne et T-shirt, coiffés de casques et parés de plumes. C'était un spectacle hétéroclite !

Cette période fut terrible pour les Congolais. Exécutions sommaires et cannibalisme avaient lieu dans la ville. Le gouvernement en place et la Belgique étaient déstabilisés devant la situation du pays. Impossible de communiquer avec une ambassade ou notre ministère, les communications avec le reste du monde étaient coupées. Sauf, tenez-vous bien, le téléphone local ! Mais le 24 novembre va changer la donne. Il est près de six heures du matin quand je suis réveillé par des bruits d'avions. Je regarde par la fenêtre et j'aperçois dans le ciel une pluie de parachutistes. Au même moment, j'ai le réflexe de saisir le téléphone et j'appelle l'aéroport. Le téléphone sonne longtemps, mais le miracle se produit, quelqu'un décroche. Je laisse parler mon interlocuteur en premier, je ne veux pas prendre le risque de tomber sur un rebelle. Il engage la conversation, je lui réponds en flamand, il comprend, il le parle. J'ai le temps de lui indiquer l'hôtel Victoria, à peine à trois kilomètres de l'aéroport ; nous les Belges y sommes regroupés. Tandis qu'on frappe à la porte, je raccroche le combiné, ils enfoncent la porte. Je suis expédié hors du bâtiment par des rebelles. Devant l'hôtel, des femmes et des enfants désemparés, tous éblouis par la forte lumière, ont rejoint le rang des hommes. Nous sommes tous regroupés. Les Simbas nerveux nous entourent. Nous devons rester calmes, car ces hommes sont violents. Drogués au chanvre, ils croient dur comme fer que ni les flèches, ni les fusils ne peuvent les atteindre.

Lucien marque une pause, le temps que sur ses genoux son chat s'étire, tourne sur lui-même pour finir par se recoucher exactement dans la même position.

– Notre consul, Monsieur Patrick Nothomb, courageux et diplomate, en fin stratège, négocie avec les rebelles. Sentant le danger, c'est à ce moment-là que j'ai pensé à l'histoire de Léopold Kajchmann… Nous formons ensuite une colonne par quatre. Un colonel rebelle nous dit que nous allons marcher vers l'aéroport, en direction des parachutistes. Nous servirons de bouclier et de monnaie d'échange. Le colonel affirme que nos frères ne tireront pas sur nous. La colonne se met en marche. Nous entendons des salves de tir au loin. Les paracommandos ne sont plus très loin, car des rebelles, en fuite, arrivent vers nous. Ils hurlent de nous tuer tous, si bien que nos gardiens nous ordonnent de nous asseoir. Soudain, un homme surgit de derrière le coin en poussant des cris. C'est le Major Boubou, un sourd et muet, demeuré de surcroît. Et là, les explications de l'homme sont mal interprétées. Les Simbas se retournent vers nous et ouvrent le feu. Par une analyse rapide de la situation, j'entraîne dans ma chute ma voisine et son fils, Jackie et Gil. Je les plaque au sol et leur adresse la parole : « Surtout, ne bougez pas, ne dites rien ! » Les balles sifflent ! Couchés, nous formons une masse inerte, protégés par d'autres personnes. Je ne sais pas si ces gens sont touchés ou s'ils simulent comme nous le faisons. Jackie est prostrée contre son fils. Moi, je les protège de tout mon corps. En relevant la tête, je peux voir que la majorité des Belges paniqués se réfugient, çà et là, derrière des arbres, derrière une palissade ou derrière des murets. Les rafales de tir des soldats belges se rapprochent. Le calme revient tout autour de nous. Nous ne bougeons pas, nous n'osons pas. Un bruit attire mon attention, un Simba isolé dépouille les cadavres autour de nous. Il tire de temps à autre une rafale avec sa Vigneron. Quelques râles arrivent à mes oreilles. Il me faut réagir vite et surprendre le tueur. À son approche, je bondis en hurlant comme un fou face à lui ! Paniqué, surpris, il lâche son arme et s'enfuit. Je saisis l'arme, je relève la jeune femme et je prends le petit dans les bras. À vive allure, nous sommes rentrés dans un bâtiment. Dans une pièce, j'ai écarté une commode du mur d'un bon cinquante centimètres, Jackie et le petit se sont cachés derrière. Dans cette obscurité relative, ils étaient, me semble-t-il, en sécurité. Ils étaient incroyablement courageux. Pas une larme, pas un cri. Elle m'avoua par après que pendant toute l'intervention, Gil lui avait mordillé la paume des mains jusqu'au sang. Sans faire de bruit, je suis parti en reconnaissance dans le couloir. Attiré par un chuchotement, je m'approche, l'arme au poing, vers une pièce sombre, je me penche doucement pour voir. À l'intérieur, un Simba monologue, il est accroupi, en train de contempler des bijoux, des bijoux volés. Il soulève une chaînette avec la main gauche et fait balancer un crucifi ; de sa main droite, il regroupe le petit butin, il ne m'a pas encore aperçu. Je m'approche lentement et il relève la tête. C'est là que j'ai vu pour la première fois les yeux fous d'un assassin, le regard sanguinaire. Il me sourit, la bouche barbouillée de sang séché. Étais-je en présence d'un de ces grands malades qui avaient mangé le foie des Congolais en ville ? Sans hésiter, je dirige mon arme et pose le canon sur son front. Le Simba ne sourcille pas, il continue de sourire, il ne me quitte pas des yeux. De ses deux mains, il rassemble son trésor et le pousse en avant vers mes pieds. Ce salopard me l'offre ! Je l'observe en silence, son regard est celui d'un dingue. C'est à ce moment précis que j'ai décidé de tuer. J'ai appuyé sur la détente, l'homme est parti, projeté en arrière. Je suis resté sourd un long moment à le regarder, sans regret, sans émotion. J'avais ressenti et, j'ose le dire, du plaisir, Axel. J'ai baissé le bras et collé l'arme contre ma jambe, j'ai entendu des pas dans le couloir, deux parachutistes. Je leur ai décliné mon identité. Nous étions sauvés.

Voyez-vous, j'ai eu beaucoup de chance tout le long de ma route, beaucoup de chance sauf aujourd'hui. La mort de Gil est la pire chose qui pouvait nous arriver. Là, nous sommes désarmés. Tout ça a été si soudain et l'après ? Je ne sais quoi penser... Il se fait tard, Axel, vous avez de la route à faire, je vais vous raccompagner. Merci pour ces derniers jours, ce que nous venons de vivre là ce soir, vous et moi, nous ne le revivrons pas.

Sur le pas de la porte, Jackie les a rejoints. Lucien et Axel restent silencieux. Elle dit :

– Pourquoi Gil, Lucien ? Pourquoi lui ? C'est qu'il était bien, il vivait pleinement.

Puis là, la mort s'est foutu de lui. Aucune raison de mourir là.

Aucune raison, Lucien.... Je n'ai plus de force.

Lucien la prend dans ses bras et elle reprend :

– Au cimetière, je ne poserai pas de pierre. Sur lui, je ferai courir des lierres. C'est beau, les lierres, c'est sauvage. Dès qu'ils seront trop envahissants, je les couperai et je les amènerai ici au jardin… près de la balançoire. Ces lierres iront courir vers le sous-bois comme si…

Lucien ramène son épouse gentiment à l'intérieur et, doucement ferme la porte derrière eux. Axel se retrouve seul avec le silence de la nuit. La lumière du hall ne tarde pas à s'éteindre.

Ces deux-là vont devoir continuer à vivre…, juste vivants.

*

ÉPILOGUE

Épilogue

Sur le trajet du retour, Axel prend conscience de la fragilité de la vie et de cette impuissance face au destin qui maîtrise tout. Il accuse le contrecoup avec une envie incontrôlable : partir droit devant, sans se retourner, sans bagage vers un ailleurs.

Sur l'A29, l'horizon relâche le soleil qui doucement inonde le ciel d'une belle couleur rouge-orangée. Il arrive à Honfleur, la petite ville portuaire est endormie. Seules quelques mouettes rieuses font du vacarme dans le port. Opportunistes, elles encerclent les bateaux des pêcheurs qui rentrent de la nuit.

Il s'assoit à la seule terrasse ouverte, commande un café et regarde les premiers promeneurs.

Des jeunes levés trop tôt par la marmaille, baillent en poussant les buggys sur des pavés séculaires. Deux joggeurs maugréent et les frôlent au passage.

Une petite galerie d'art à la devanture d'un bleu tunisien intense attire l'attention d'Axel.

Coincée entre deux maisons à encorbellement, la petite façade donne l'impression de se blottir à l'abri des vents marins.

Son enseigne ?

« Le pinceau bleu ». Il se lève, part payer sa consommation et se dirige vers la galerie.

De la vitrine, il aperçoit dans le fond de l'unique pièce, la silhouette d'une femme.

Sur la porte, une affichette : « Chambres d'hôtes à vingt kilomètres de Honfleur. Très belle ferme restaurée propose six chambres spacieuses et un gîte etc. »

Axel pousse la porte qui carillonne et tombe en arrêt devant une très grande toile.

Une jeune femme s'approche :

– Bonjour, c'est l'œuvre d'un artiste belge, il sera présent ce week-end à la galerie.

Axel lui sourit et replonge dans l'univers du peintre. C'est un paysage de campagne composé de collines, d'un hameau et de quelques grands arbres. C'est le lever du jour avec une lune qui persiste ou la fin du jour avec une lune qui s'installe. À priori naïf, le tableau ne l'est pas. Lorsqu'on s'en rapproche, on s'aperçoit que les éléments de la nature sont représentés par des corps d'animaux et d'êtres humains. Il s'en dégage un malaise qui disparaît aussitôt qu'on s'en éloigne.

Axel se retourne vers la jeune femme :

– C'est splendide mais... Je suis entré avant tout pour l'annonce.

Je cherche un endroit où loger, quelques jours. Pouvez-vous me dire ?

La galeriste s'empare du téléphone :

– Je pense que oui ! J'y loge, vous verrez c'est un endroit magnifique.

Elle s'interrompt et engage la conversation avec le propriétaire de la ferme.

Elle regarde Axel, lui sourit, confirme la disponibilité.

Puis elle se penche sur le bureau pour attraper de quoi noter les renseignements. Axel a alors dans sa ligne de mire le début d'une très belle chute de reins, de deux trop mignons sot-l'y-laisse et ?

Un très joli papillon bleu posé sur la naissance de la fesse gauche.

Surpris, il laisse échapper :

Gil !